かわいい言葉の贈りもの

山田裕美子 著

二玄社

かわいい言葉の贈りもの　目次

はじめに 6

第1章 あなたに贈るために 9

あたえる 10
ありがとう 10
いただきます 12
いたわる 12
うなずく 14
おかげ 14
おくる 16
おはよう 16
おまちどおさま 18
おめでとう 18
おやすみ 20
きっと 20
ごちそうさま 22
ことば 22
ごめんね 24
こんばんは 24
さすが 26
さようなら 26
だいじょうぶ 28
つたえる 28
ていねい 30
なぐさめる 30
なでる 32
にっこり 32
はげます 34
ほほえむ 34
ほめる 36
みとめる 36
ゆるす 38
よかったね 38

第2章 湧き上がる想い 41

あきらめる 42
あるく 42
いきる 44
うごく 44
うそ 46
うたう 46
うまれる 48
うらやむ 48
おこる 50
がんばる 50
きく 52
きらい 52
ぐち 54
ことわる 54
さずかる 56
しる 56
すてる 58
ためいき 58
ちから 60
てしお 60
なみだ 62
なやむ 62
ひなたぼっこ 64
ひびく 64
まける 66
まつ 66
まどろむ 68
まなぶ 68
みる 70
りょうり 70

第3章 いつまでも大切に 73

あした 74
いま 74
いろ 76
うつわ 76
おかあさん 78
おとうさん 78
おとずれ 80
おとな 80
かべ 82
きずな 82
こころ 84
こども 84
さいのう 86
さだめ 86
じしん 88
じぶん 88
たから 90
たね 90
つぼみ 92
とし 92
とびら 94
ともだち 94
なまえ 96
ね 96
ほこり 98
まる 98
みち 100
めぐみ 100
やみ 102
ゆめ 102

第4章 こころの模様 105

あたたか 106
あらた 106
あわただしい 108
いらいら 108
うつくしい 110
うららか 110
うるさい 112
うれしい 112
きらきら 114
けんきょ 114
さく 116
しあわせ 116
そよそよ 118
たのしい 118
たまたま 120
だめ 120
ちょうどいい 122
ながれる 122
におう 124
にがい 124
にんき 126
はかない 126
はれ 128
ひかる 128
ほがらか 130
ほのか 130
ゆたか 132
ゆとり 132
りりしい 134
わくわく 134

おわりに 136
主な参考文献 138
さくいん 139

はじめに

声にした言葉、心に感じた想い、頭の中で巡らせた考え。今日も、どれだけたくさんの言葉を使ったことでしょう。その一言に笑ったり、泣いたり、怒ったり。気持ちは言葉に姿を変えて、この体を動かします。「好き」と言ったとたんに、口元がゆるんで笑顔になり、頬が紅潮して瞳が輝く……。言葉は、まるで想いを現実に映し出す鏡のようです。

ご存知のように、日本には古く言霊《ことだま》信仰というものがありました。言葉に宿る霊力は、魂とともに神から授かったもので、現実をつくると信じられていました。思いや言葉は相手に届き、人を動かすもの。古人は、言葉の力に不思議を感じ、神聖な驚きを重ねたのでしょう。

そんな言い伝えを持つ日本語は、とても精妙で豊かです。たとえば空気の湿り具合を表すのでも、万物の萌えいずる春のもわっとした湿気は霞、澄み渡る秋のそれは霧。声にすると、おのずと空気の乾湿や太陽の光の加減までもがよみがえります。日本人特有の感性を宿した言葉は、わたしたちの日常に彩りを添える贈りもの。今では耳慣れない言葉もありますが、いつも使っているものの中には、その成り立ちから、綿々と想いの受け継がれた素敵な言葉がたくさんあります。わたしたちの過ごす日々は、そんな豊かな言葉で支えられているものでもあるのですね。

暮らしの中でふと感じたこと、言葉からにじんでくるしあわせや愛しさ、ときには誰かを励ましたり、癒したり。どれも大切にしたいかけがえのない言葉たちを、章ごとに、ひと言ひと言綴りました。あるときは希望、あるときは生きる力、そして、やさしさを心に目覚めさせてくれる種。わたしも、そんな言葉をたくさんもらって今が在るように、本書の言葉を、この本を手にしてくださる方の心に届くよう、願いを込めて贈ります。

イラスト　うてなかよこ
装　　丁　藤本京子（表現堂）

第1章　あなたに贈るために

あたえる

K子さんのお母様は、とにかく人に与える人だったそうです。困った人に心を砕いて相談に乗り、自分にできることをして助けました。お母様は、K子さんが成人する前に亡くなったのですが、すでにお父様も亡くしていたK子さんには、妹と二人きりで他に身寄りがありませんでした。そんな姉妹を「あなたのお母さんに助けられた」と、大人たちが入れかわり立ちかわり支えてくれたそうです。

お母様が残してくれた信頼に助けられたK子さん姉妹は、人が誰かの役に立とうとした行ないは、亡くなったあとも消

ありがとう

大切な人が病気になって初めて、いてくれることのありがたさが身に沁みました。この人を失いたくない、わたしの体と代えて……と、ひたすら救いを求めて看病しました。命に別状がないことがわかったときは、「息をしてくれるだけでありがとう」、長引く闘病生活の中でときには手に余ることがあっても、

えないことを実感したと言います。
与えるとは、みずからを差し出し、かけがえのないものを受け取ることでもあるのでしょう。

与える❖「他得（アタヘル）」の意。施しを他人が得ることから。日光が地にあたって万物を育み人に与える「当顛（アテアラハス）」からとする説なども。

それさえ嬉しくて「わがままを言ってくれてありがとう」と、何もかもが尊く、ありがたく思えました。
「ありがとう」は、語源のように、当たり前に思えることも、有ることが難しい大したことだとささやいています。毎日が平凡だと、ついありがたさを忘れそうです。不満が言えるのは、なんて贅沢なことでしょう。命を危ぶんだあのとき、愚痴を言えることさえ羨ましかった……。そう思うと、やっぱり、どんなことでもありがたいこと。その素晴らしさを忘れてしまいがちなときほど、本当は、すごくしあわせなときなのです。

有り難う❖「有り難く」＋「ござります」が変化した言葉。もとの意味は「有ることが難しい」。転じて、人間世界を超絶したものへの恐れが感謝の意になった。

いただきます

自然の恩恵と、多くの労働と、作ってくれる人すべてへの感謝がぎゅっとつまった音の連なり。「いただきます」は、気が遠くなるほど遠い昔から今まで、繰り返し唱えられてきました。この体に巡る食物を受け入れる、始まりの言葉でもあります。

命は、自然物の命をいただきみずからの命をながらえます。考えてみると当たり前のことでも、普段は忘れてしまいがち。だけど言葉はちゃんと知っていて、口にするたびに、食べ物のありがたさと命の重みを思い出させようと、響くかのようです。「いただきます」と言うと、

いたわる

責任感が強いその人は、なんでも自分でやってしまいます。リーダーシップのある頼もしい人ですが、人に甘えるのが苦手。

ある日その人は、仕事と家事を一人でこなすことになりました。病気の妻の世話もありました。大変そうな様子に、親

自然と手があわさり頭がさがるのは、その証でしょうか。
　語源のように、食べ物を大切に扱う態度が、もともとそこに備わっているからでしょうね。

頂きます❖もとは物を頭上に載せる意。食べ物をイタダクとは、儀式の日に、神や高貴な人の前でものを食べるとき、食べ物を頭や額に高くささげて受け取るところから。

類や友達が手伝いを申し出ましたが「自分でなんとかする」の一点張りで誰も寄せつけません。プライドの高い彼は、前よりももっと孤独になっていきました。
　頑なな彼に、手紙を送り続けた友達がいました。どれも彼をねぎらう短い手紙。「辛いでしょう。大変ですね。お察しします」。どの手紙も、折り目がすりきれるほど繰り返し読まれていたそうです。誰にも弱音を見せない彼は、孤独な夜に何度も何度も友達の言葉を読んで自分を励ましていたのでしょうね。
　労わるとは、痛みを割って小さくすることでもあるのでしょうか。

労わる❖「傷（イタム）」が転じたものか。「痛（イタ）」に接尾語ハがついたとするものなど諸説。ねぎらう意に加え、手厚く大事にもてなす意。

うなずく

気持ちや調子がぴったりくることを「息があう」と言います。

二人組の漫才師の呼吸を、肺活量を計ってグラフにすると、だんだんと呼吸が重なりあい、本当に息があってくるそうです。

その秘密は頷くことにあると言います。一人がおしゃべりの区切りで息を吐き、一呼吸吸い込んで、また吐きながらおしゃべりをする……。片方は、おしゃべりの区切りで頷くときに息を吐き、息を吸いながら耳を傾ける……。語源のように、うなじを上下に揺らすさまは、息の出し入れをするポンプのような動作で

おかげ

「あなたのお陰」と言葉をかけることは、人間関係が良くなる特効薬みたいです。誰かに必要とされていると思うと、それだけでも生きがいになり

す。そのテンポが二人の息をあわせ、気持ちを通いあわせるのでしょうか。

言わなくても通じる様子を「あうんの呼吸」と言います。「あ」と言ったほうに「うん」と頷く呼吸の不思議が隠されているようです。気持ちが通いあう二人の息は、寄りそうように重なりあうのですね。


頷く❖「項（ウナジ）」を前に「突（ツク）」。「項」はウナウナと頷くところとする一説もあるように、了解の意を示すための首を縦に振る動作を表した語か。


ます。何気ないことでも、思いやりの言葉をかけられると嬉しくなります。

普段から「あなたのお陰」と言うのは、照れくさいかもしれません。

「陰」は木陰と同じ。あって当たり前で、特別に恩恵を感じる対象ではありません。ですが、陰があるからこそ、陽射しを避けて休むことができます。意識していないだけで恩恵にあやかっていることは、身の周りにたくさんありそうです。

「あなたのお陰」は、木陰のように見過ごしがちな、身近な人の小さな善意に向けてこそ、生きてくる言葉ではないでしょうか。


お陰❖他人から受ける恵み、擁護を意味するカゲに、オがついたもの。陰は、神仏などの陰で、その恩恵にあずかる意に通じる。

おくる

何も持っていなくても、贈りものをすることはできます。

駅のホームに「なんにもあげられない」と言って娘の手をとり涙を流す年老いた母親がいました。「なんにもいらない、お母さん。元気でいてくれたらそれでいいから」。母親はそれでも「なんにもあげられない」と涙を流しています。これ以上の贈りものがあるでしょうか。

故郷を離れる旅立ちの朝、わたしの母は玄関先で、いつまでもいつまでも手を振っていました。その口元は「元気でね」と繰り返しながら。思い出すと胸がキュンとして、母の想いに報いようと、自分

おはよう

「おはようございます」と気持ち良く言葉をかけあうと、一日が何かとてもいいものに思えるのは、それがもともと、褒め言葉だったからでしょうか。

某タレント一家は、朝、顔をあわせる

を励ますことができました。どんなプレゼントとも比べようのない宝物です。
形のある贈りものもたしかに嬉しいけれど、本当の喜びをくれるのは、そこにあるあたたかい気持ちですね。

贈る❖人を見送るなどの「送る」も、物を「贈る」も同じ語源。別れを惜しんで見送る意が転じ、後から気持ちを込めて人に物を贈る意に用いられるようになった。

と、にっこり笑って「おはようございます」と言うようにしているそうです。喧嘩をしていても、必ず笑顔で挨拶。忙しく不規則な生活の中で、一日に何か一つ、心を通わせることをしようと決めたそうです。
自分のことを振り返ると、家族との朝は挨拶を後回しにしがちでした。今さら言わなくてもわかるような気がして、つい言いそびれてしまうのです。でも「おはようございます」を言い出すと、言った朝のほうが、言わない朝の何倍もいい気持ち！　一日が、やさしく素敵に目覚める気がします。

お早う❖もとは、「お早く起きましたね」と相手の勤勉さを褒める言葉。次第に「お早く」が「おはようございます」となった。

おまちどおさま

北の町の路線バスで「おまちどおさまでした」と言われて嬉しくなりました。何かとってておきの場所に連れてきてもらった気分になって、途中の渋滞も忘れて、ほくほくとステップを降りました。

普段、なにげなく触れる言葉が、晴れやかな言葉だといいですね。バスを降りるとき、もたもたしていた女子高生に、運転手の方が「お若いんですから、弾んでどうぞ」と声をかけ、乗っている人みんなが和んだこともありました。

同じことを伝えるのでも、ユーモアとやさしさのある言葉は、その人を魅力的

おめでとう

結構なことがあったとき、「おめでとうございます」と言います。語源に愛情を含んだ言葉だからでしょうか、言った人の喜びも感じられる言葉です。

にします。言葉には、使う人の人柄がにじむようです。

御待遠様❖人をまたせたときに詫びる気持ちで言う挨拶。「待つ」のが「遠い」。「待つ」は「間（マ）」を活用した言葉で、人や時、物事の到来を期待すること。

古く、寿詞《ほぎごと》といって年の始めに一族の長を訪ね、言葉で祝福する信仰があったそうです。ある言葉を唱えると、魂がますますふえて栄えると信じられていました。その言葉こそ「おめでとう」。現在を祝うとともに、将来のめでたさを予言する言葉だったそうです。

「おめでとう」を言う人の心が豊かであることは、日常の中でもたびたび感じます。嫉妬があると、なかなか気持ち良く言えない言葉ではないでしょうか。人の喜びを「おめでとう」と喜べる人こそ、その豊かな心で、しあわせをめでたく栄えさせることができるのかもしれません。

お目出とう❖「愛（メヅ）」＋「いたし」から成る「愛でたし」が変化したもの。心がひかれ好み愛する気持ちから、褒めたたえることに値することを言う。

おやすみ

どんなに体が疲れても、ぐっすり眠ると活力が戻ります。「お休み」は、まるで「安らかにいなさい」という説き伏せの言葉のよう。ときには休養を促す場合にも使われます。

以前勤めていた会社で、わたしが抜けては仕事が進まないという思い込みから無理して働き続けた結果、「明日から入院」と告げられたことがあります。

会社は、復職の目途が立たずに出した退職願いを受け取る代わりに、無理せず働ける環境を整えて復帰を待ってくれました。思い上がっていたことが恥ずかしくなりました。当時、いつも受け取って

きっと

「きっと、良くなる」「きっと、叶う」と言われると、ほっとしませんか？「きっと」は、心細くなった心に効く言葉のカンフル剤みたいです。

「あぁ、大丈夫なんだ」と心配を吹きと

いた言葉は「しばらくお休みなさい」。安心の「安」を語源に持つ「お休み」。この言葉のお陰で、どれほど心身が安らかになったか知れません。これ以上、自分を消耗する生き方はやめようと思いました。

停滞しているような気がしても、ときに休みは、自分を成長させる大切な時間。無理しないで、休むときはちゃんと休みたいですね。

お休み❖「休む」は「安い」と同語源で、ヤスシ、ヤスラカなどのヤスから派生した語。「安身（ヤスミ）」から出たとする説も。

ばしてくれる、固い約束のような響きを持っています。

「きっと、大丈夫。だから、考え込むのはこれでお仕舞い」。そう言うと、不思議と顔が上を向いてきます。態度は心を連れてくるのでしょうか。顔を上げているときに、暗い考えは似合いません。さっさとすることをして、散らかったものを片付けて……そうこうするうちに、強い決意を成しとげるのに必要なやる気も湧いてくるようです。

語源のように、未来は、そうなることを固く信じる心の中に、もう開いているのかもしれません。

屹度❖副詞キトの促音化したもの。「屹度」「急度」は当て字。話し手の強い決意や確信、要望を表す。確実にそうなるだろうと予測している気持ち。

ごちそうさま

「元気になるから」。差し出されたのは、桃のスープとホットチョコレート。心の内が、見抜かれていたようでした。桃のスープは、あるお店で一緒に食べて以来のお気に入り。ホットチョコレートは心を癒すとかで、なにやら難しい食成分について説明してくれました。元気づけようとあれこれ心を砕いてもてなしてくれたことが、これほど嬉しいことはありませんでした。

語源のように「ご馳走様」は、もてなす人が奔走して世話をしてくれること。料理ができるまでは、想像以上に手間暇がかかるものです。作る人は、食べる人

ことば

日本人にとっての日本語は、空気みたいに当たり前です。

家族や仲間とのおしゃべり、テレビや雑誌、通りの看板など、わたしたちの日常にはたくさんの言葉が溢れています。普段は、その言葉の多くを意識せずに受け流していますが、たとえば「梅干」と

の健康としあわせを願ってそれ以上のことは期待しません。とても尊い奉仕の仕事です。
食事は日々のこと。その仕度を、当たり前のようにしてくれる人がいます。「ご馳走」に「様」までつけて、お礼の気持ちを言葉にした古人は、振る舞いのありがたさを良くわかっていたのですね。

ご馳走様❖「馳走（カケハシル）」が語源。奔走して世話をしたり面倒を見るという意味。「ご馳走」は敬語として使われた。次第に、飲食の挨拶として定着。

耳にするだけで自然と唾液が出てくるように、思っている以上に、言葉は無意識に人に影響しているのかもしれません。
腸閉塞になった友人が「ひどく感情を押し殺して、体を傷つけてしまった」と言っていました。言えない、言ってもわかってもらえない……。言いたいことをためて、体はもう限界だったのでしょう。彼女は自分に話しかけることにしました。「こんなに苦しい。どうしたらいい？」。話すうちに涙がこぼれて自然に心と体が軽くなっていったそうです。
なにげない言葉でも、心と体はちゃんと聴いているみたいです。

言葉❖「言葉（コトノハ）」の意。葉のごとく言葉が栄えること。ほかに、言葉は「心外吐」で、心の中を外に吐く意という説も。

ごめんね

語源のように「ごめんなさい」には、許してくれる相手を敬うおもむきがあります。「ご免ください」と言えば訪問の挨拶、「ご免あそばせ」は別れ際の挨拶。非礼を詫びる「ごめんなさい」は、わたしの行ないを寛容に受け止めてね、と人間関係を円滑にする掛け言葉のようです。こちらが悪くない場合も、もしあなたの気に障ったら広い心で受け止めて下さい、と相手を良く見ようとする思いやりが備わっています。

「ごめんね」と言われて悪い気がする人はいません。それどころか「気がつかなくて、こちらこそごめんなさい」と心

こんばんは

街なかの夜は、星の光もかすんで見えないほどですが、電気のなかった昔の夜は、すべてが闇に紛れてどんなに不気味だったことでしょう。漆黒の闇

を繋いでくれるかもしれません。
あなたって好い人ね、の気持ちを込めて、まるで「おはよう」とでも言うように、笑顔を添えて言いたい言葉です。

御免ね❖拘束を解く意の「免」＋接頭語。もとは許す人を敬う言い方として用いられた。次第に許しを請う意味をおび、相手の寛容さを望み非礼を詫びる表現に。

は、物語にたびたび出てくるように、霊や魔物を連想させる非日常の世界でもありました。
そのような夜にあって「こんばんは」の挨拶は、真面目な祝い言であったようです。相手に対して良い晩であることを祈り、自分が災いの種ではないことを知らせるとともに、陰を陽に転じようとする願いが込められていたのだと思います。
成り立ちの中で省略された「こんばんは」に続く「良い晩でありますように」。考えてみれば、日々の中で、誰かのしあわせを祈る時間なんてどれくらいあるでしょうね。

今晩は❖怪しいものではないことを伝える言葉。「今晩は、良いお晩ですね」などと声をかけあったことから、次第に「今晩は」だけが残り定着する。

さすが

「さすが！」は人を育てる褒め言葉。一生懸命お手伝いをしてくれた子供に「さすがね」と声をかけると、もっと上手になろうと励みます。お父さんのちょっとした気遣いに「さすがですね」と言うと、立場がぐっと上がった感じがします。お母さんにだって「さすがに美味しい」と手料理を褒めると、喜んでもっと美味しいものを作ってくれるはずです。

言葉は、当たり前の日常を明るく照らします。体温があるのではと思えるほど、寒々とした空気をあたため、逆にほのぼのとした雰囲気を冷ややかにもします。

ピリリと効くスパイスのように、その

さようなら

「さようなら」が別れを意味するようになったのは、わりと新しいことのようです。ある地域の「さようなら」にあたる言葉は「イザト」。もとは、葬儀や娘を嫁に出したあとの、気持ちが不安定な人にかけた言葉だったそうです。その意味は、「ぐっすり眠ってしまってはダメよ」。魂を抜かれたみたいになっ

一言で、大切な誰かの持ち味がいかされるといいですね。

流石❖古語シカスガニが平安時代にサスガニとなる。「そうはいってもやっぱり」の意が、「やはり、いかにも」になり、やがて現代のような褒め言葉に。

たとき、本当に抜け殻になってしまわないように無事を祈ってのことでした。

別れ際の相手を思いやる気持ちは、いつしか「さようなら」に結集していきました。夜道に気をつけて帰ってほしい、別れたあとも機嫌良く過ごしてほしい、また元気で会いたいと思う気持ちを言葉にたくしたのですね。

わたしたちの日常にも、身のちぎれるような思いで「さようなら」と言うことがあります。やさしい祈りの込められた言葉ですから、涙の代わりに、また元気で会える日を、きっと手繰り寄せてくれることでしょう。

さようなら❖サヨウナラバ暇申す、などの言葉が簡略化したもの。それならばの意の「さらば」が、時代を経て「さようならば」になり、やがて別れの挨拶に。

だいじょうぶ

「大丈夫」と言われると、ひとまずほっとしませんか？

わからなくても一歩を踏み出すため、不安な気持ちを落ち着かせるためにも、その一言は背中を押し、肩の荷を軽くしてくれます。

幼い子は、親の姿を目の端に確認しながら遊びます。大丈夫であることに自信が持てると、伸び伸びと遊べるようです。大人だって不安なときに欲しいのは、大丈夫だと思える気持ち。それさえあれば覚悟を決めて、あとは失敗しても、自分らしく振る舞えそうです。

丈夫の上に大までついて……語源のよ

つたえる

電話している横でおしゃべりしている人に「静かにして」と伝えると、相手がむっとすることがあります。こちらのほうが迷惑しているのに……と腹が立つこともあるかもしれません。

ここちよい意志の疎通をはかるには、一方的に都合を押し付けないことだそうです。相手は、気がつかなかっただけか

うに頼りがいのある立派な人が、太鼓判を押してくれているような言葉です。

大丈夫❖もとの意味は「立派な男子」。中国の周の時代に一丈を一般的な男子の身長としたことに起源する。特に立派な男子を「大丈夫」と言った。

もしれません。「話し中だから静かにしてくれると助かる」と自分を主語に話すことを、「わたし」を表す英語「I」をもじってアイ言葉というそうです。これに対して都合を押し付けてしまいがちなのがユー言葉。「(あなた)静かにして」「(あなた)片付けなさい」。言われたほうは一方的に責められているようで不快です。

「伝える」とは、伝えた通りに相手を動かして初めてその役割が果たせるもの。相手が受けとめやすいように思いやりを持てたら、世の中はもっと生きやすくなるはずですね。

伝える❖「蔦(ツタ)」と同根。蔦が蔓延するさまを受けて、長く伸びているものを経て、ものごとを移動させることからか。

ていねい

その人が洗ったものは、たとえ下着でもいつも新品のようです。洗剤を選び、綺麗に干された洗濯物は、たたまれると、まるでお店で買ったときのよう。時間はかかっても、生活に必要なことを最低限きちんとできる暮らしぶりはいいなぁと思わせてもらいました。

長い目でみると、手をかけた物は永く使えて重宝します。それに、下着は直接肌に触れるもの。見えないところに気を配れる人は、普段、人が見ていないときでもちゃんとしている人のように思えます。そんな洗濯物を気持ち良く身につける家族の一人一人は、お金では買えない

なぐさめる

以前、アシスタントの女性に困ったことがありました。仕事を教えようとすればするほど落ち込むので、今度は慰めようと助言すると、彼女はわたしを避けるようになりました。ある人は、「本当にその人のためを思うなら、あたたかい心で見守ること。正しいことを言うのはその後で」と、イソップ物語の「北風と太陽」の話をしてくれました。

豊かさに恵まれていますね。
合理的な世の中、いらなくなったものは新しいものに変えたほうが便利かもしれません。でもそれが、最初のうちは身の回りの道具だったのに、やがてペットになり、いつしか人にまで及んでしまったようです。大切なものは、じっくり丁寧に育む中にあることを、もういちど思い出したいものですね。

丁寧❖古代中国で軍用に用いられる鉦（かね）に似た楽器を鳴らし、兵隊に注意を促したことが転じて「よく警告を発する」が「心がこもり注意深い」となる。

北風と太陽は、どちらが先に旅人の着物を脱がせることができるかを力比べします。旅人は、北風に吹きつけられると、寒くてもう一枚着物を着ます。太陽は、ぽかぽかと旅人を照らし、着物を脱がせます。どんなに正しくても、心が満たされなければ、その言葉は北風だそうです。
わたしはなぐさめるつもりが、厳しいばかりだったのかもしれません。彼女はのちに、彼女なしでは仕事ができないほど助けてくれました。あたたかい気持ちが通いあってこそ、厳しいことを乗り越えようとする人の気持ちが育つことを教わりました。

慰める❖和を意味する「和（ナグ）」から成る言葉。心を静め、気を晴らす。つまり心をナゴ＝和の状態にすること。

なでる

撫でてもらうと心が穏やかになるのはどうしてでしょう。

小さい頃、お腹が痛いときに、母が「良くなれ、良くなれ」とお腹を撫でてくれました。なんだかぽかぽかして、とても安心しました。「手あて」という言葉がありますが、手から伝わる愛情は、語源のように相手に留まるのでしょうか。

「いいこ、いいこ」と言って親は子を撫でます。痛いところがあると、さすりますす。大切でしかたのないものを思わず撫でてしまうのは、人の習性でしょうか。どこの国でも見られるいとしい光景です。

手は、大切な人を癒す特別なもの。手

にっこり

和と書いて「にこ」と読むなんて、なんて可愛らしい響きでしょう。

のひらは掌《たなごころ》とも言います。
そっとさし出した手のひらには、きっと、やさしい心がのっているのでしょう。

撫でる❖「長閑（ノドカ）」のノドを活用した言葉で、なだらか・宥めると同根語。ナには押し留まる意があり、愛する思いが人や物に押し留まる、という意味があるとも。

和と和があわさると「にこにこ」。笑顔がたくさん溢れるところが、平和のあるところ。仲良くするヒントが込められているような言葉です。
にっこりすると、ほんわりとやさしい気持ちになれます。電車の中で、赤ちゃんににっこり微笑みかける強面《こわもて》の男性を見かけることがあります。赤ちゃんが笑うと、男性は顔をくしゃくしゃにして嬉しそうです。その姿を見ている周りの人まで微笑んでいます。
笑顔は、平和な空気であたりを包み込むかのように、しあわせを伝染させるのでしょうね。

にっこり❖柔らかい、細かいという意の「和（ニコシ）」が語源。ニコが、ニッコリとなる。他にニコヤカも同様。

はげます

「励ます」の語源をみると、全身に力がみなぎる感じがします。こぶしを握り奥歯をかみしめる、ガッツポーズのような言葉です。

落ち込んだとき、回復するのに体力がいりますが、「励ます」には、そんな相手を元気づける人の姿が映し出されているかのようです。英語で「励ます」は「encourage」。精神的な勇気を表す「courage」に、入れるという意の「en」があわさります。人の体に勇気を注ぎ込むなんて、まるで気の交流をしているようです。

元気な人は、気力の弱まった人に、自

ほほえむ

ある人の赤ちゃんの頃の写真は白黒で、年月とともに色あせた古いものでした。その満面の笑みを見つめるたびに、缶詰の蓋を開けたように喜びが伝わってきて、胸がときめきます。

なかでも惹かれたのは、微笑みかけたお母さんの眼差しに微笑みを返す、母子

分の元気を分け与えます。人は、健康でしあわせでいること、ただそれだけでも人の役に立てるのですね。

励ます❖勢いが強い意の「烈（ハゲシ）」、または「歯噛（ハカム）」から成る「励む」の他動詞など諸説。「歯」を語根にする例がいくつかある。

の写真でした。蕾が少し開く様子を「微笑む」ということがあります。花びらがゆるむのを見る人が、その人もまた目をほそめて微笑むのは、生まれたての輝きに目がくらんでしまうからでしょうか。ほころんだ花のような赤ちゃんと、眩しそうに微笑みを返すお母さん。小さな未来が、そんなたくさんの微笑みに守られて開いていったことでしょう。

微笑みは、ささやかなしあわせに満ちたりたときに、ふと漏れる笑顔。大人になっても、つい微笑んでしまう嬉しさを胸に生きることができたら、どんなに素敵でしょう。

微笑む❖つぼみの膨らみのように、成熟していない状態をいう古語ホホマル、ホホムから成ったものか。「頬」が笑むからホホエムとする民間説も。

ほめる

美人の友人は、よく「綺麗ね」と褒められます。大抵の人は「そんなことない」と言うのではないでしょうか。嬉しいけれど認めるのは照れくさい、といった感じ。ところが彼女は「まぁ、ありがとう。どこが？　この辺？」とたたみかけてきます。海外経験が豊富な彼女によると、欧米では褒められたことに感謝することがマナーだとか。恥ずかしがらず、どこがいいのかを聴くことは、自分のイメージを高める美人への近道になるそうです。

「褒める」の語源には、将来の幸福を祝福する意味もあるようです。その昔、

みとめる

押し花を始めたある方は「前は目もくれなかった道端の草花が、今は宝の山に見える」と言います。他の人に

「子褒めの儀式」では、子の成長を期待して、あたかもそうなったかのように讃えたといわれます。
褒め言葉は、望ましい未来を相手に招こうとする、最高の贈りものですね。

褒める❖神意の現れであるホを期待し、好い結果を願って言葉を唱えることを「祝（ホグ）」と言うことから転じて「褒（ホム）」に。

とっては捨ててしまうような物でも、自分が素晴らしいと認めれば、たちまち宝物に早変わり！
インディアンの教えに「認められて育った子は自分を大事にする」という言葉があります。そのように育てられ大人になった者は、他人を認め、仲間を大事にするのでしょう。
語源にあるように「認める」とは、相手の良いところを見、心に留めること。人の目は良いところを見つめるためにあり、人間関係は相手の長所とつきあうくらいの心づもりでいると、いいのかもしれませんね。

認める❖「見」＋「留める」。「相手の良いところを見て、心に留める」ということ。国語辞典には「相手の存在を知覚すること」とある。

ゆるす

「ゆるす」の語源には、大目に見るという意もあるそうです。大きな器にたくさんのものが入るように、許すとは結局、自分の器量が試されるチャンスでもあるのでしょうか。

ものを引っ張るとき、腕に力がこもります。引っ張り続けていると、やがて疲れるのは自分です。その上、硬く張りつめたものは、プツリと切れてしまいます。

スポーツ選手の怪我を防ぐ秘訣は、伸び縮みする柔らかな筋肉にあるそうです。張りつめさせないで、ゆるめたり伸ばしたりするしなやかさは、身体だけでなく心も痛みから守るコツのようです。

よかったね

和子さんと温泉に行った際、帰りに宿から手書きのカードを受け取りました。名前の頭文字から作ったメッセージには「カサブランカのように洗練され、スズランのように可憐で、コチョウランのように華やかで美しい和子さま。またのお越しをお待ちしています」と書

許せない、許さない、と突っ張る心のつかえを外して、一番楽になるのは自分かもしれません。

許す❖張りつめているものを「ゆるやかにする」というもともとの意味が、「勝手にさせる」と広がり、「罪を許す、許可する」という現在の意味に。

かれていました。

わたしのもいただきましたが、特別な喜びは感じませんでした。それが和子さんは、声に出して読んでは喜び、大切に財布にしまい、ことあるごとに取り出しては他の人にも読み聞かせ、「好かった、好かった」と喜んでいるのです。

たったそれだけのことで喜びが続く和子さんと一緒にいると、こちらも「そんなに嬉しくて好かったね」とつられて「好かった」を繰り返していました。

和子さんの周りは、いつも好いことで溢れています。「好かったね」と言う人は、好いことを集めているようなものですね。

好かったね❖「好い」は「好ましい満足な状態」を積極的に表す言葉。古代、似たような意の「宜しい」は「好し」よりも消極的で満足度が低い表現だったそう。

第2章　湧き上がる想い

あきらめる

憧れの職業に就くために、必死になっていたあの頃。最終試験に合格し、あとは健康診断の結果を待つだけだったところに届いた不合格通知。どうしてもあきらめきれず、湧き上がってくるのは喪失感ばかりでした。気がつけばほとんどの企業の採用試験が終わっていたある日、恩師が、あきらめて次に進むヒントをくれました。それは、希望の会社に行っていたら「こう成っていた」と思う自分よりも素敵になること。そのためにはまず就職しなければなりません。

早速、履歴書を用意した翌日、友人が、ラジオで聞いたという採用情報を教えてくれました。

あるく

真っ直ぐ歩くには、四〜五メートルほど先に目線を置くと良いそうです。

くれました。応募締切りはその日の消印。藁にもすがる思いで持っていた履歴書をポストに投函しました。この会社との出会いが、わたしの人生を変えました。
掴みかけた夢がこぼれ落ちたあのとき、うなだれた地面に次の夢が芽吹いているのを見つけた気がしました。限界まで精一杯やったお陰で、かえって自分が明らかになった気がします。

諦める❖「明（アキラ）」の語感から生じた語。古語「あきらむ」は、「はっきり知る」という意。次第に「己の限界を知り思いあきらめる」現代の意へ。

ためしに足元を見つめて歩くと、真っ直ぐ歩いているつもりでも、斜めになったりして目指す場所から離れてしまいます。遠くを見つめると、足元がふらついて転んだりします。少し先を見るのは、今の一歩を踏みしめるためのコツなのですね。
人は未来に向かって歩みを進めます。ときに、ずっと先のゴールにとらわれて、今をおろそかにしがちです。先を見るのは、今日の一歩のため。
歩き方が教えてくれるように、少し先に目線を置くくらいが、今日を生きるのにちょうどいいようです。

歩く❖「歩行（アユミユキ）」の約、または「足行（アシユク）」の意から起こったものか。中世に「あるく」が一般化するまでは、時代により「ありく」が用いられた。

いきる

古人は、息を吸ったり吐いたりする様子を生きる原動力と思ったのでしょうか。息は「生きる」や「命」の語源でもあります。生きるといった大きな営みが、ほんの小さな積み重ねの上に成り立っていることをあらためて気づかせてくれる言葉です。

日々のことも、目の前の小さなことを大切にして初めて大きなことができるのでしょうね。階段を昇るように、百段上のしあわせに辿り着くには、まず目の前の一段を昇るしかないということ。当たり前のことなのに、つい、一気にジャンプしようとして、あまりの高さにくじけ

うごく

辞書に「動く」は「物事が別の状態に移ること」とあります。滞ったものごとをなんとかするヒントがあるようです。

いくらやっても成果が得られないとき、自分だけが取り残されたような気がするときでも、動いていると「別の状態に移

てしまうことがあるかもしれません。
今日のささやかな出来事は、百段先のしあわせへの一段。誰にでも超えられる小さなステップが、きっと準備されているはずです。

生きる❖生命の根源である呼吸、息の出し入れを正常にしていることを「息（イク）」といい、そこから「生きる」に転じた。

る」ことができるかもしれません。
「動く」の語源には、「ウゴウゴ」というのもあります。芋虫の這う様子ですが、「動く」とは、目に見えて大きな動作ではなく、案外、良く見ないとわからない地味な動きを指すのは少し意外な気もします。ですが、時計の秒針が絶えず動いて日付を変えるように、知らないうちに太陽が東から西に沈むように、わずかな動きの蓄積は、やがて大きく物事を動かすエネルギーになります。
ほんの小さな歩みでもいい。動き続けることで人生は開いていくのでしょう。

動く❖土の崩れるのをウゴクといったものか。動くと同根の「墳（ウゴモツ）＝土が盛り上がる意」「土竜（ウゴロモチ）＝もぐらの異名」など、土と繋がりのある言葉。

うそ

人はなぜ嘘をつくのでしょう。

そもそも嘘とは何でしょうか。他人に迷惑をかける嘘は許されませんが、思いやりから出た嘘は責められるものではないでしょう。誰かを守るために嘘が癒しになることもあります。持ってないものを持っているように言う虚言は、喝采願望がひき起こすと言います。自己顕示欲が強いと、他人から良くみられるように嘘をつくそうです。お愛想でつく軽い嘘もあります。「今度、ご飯たべよう」という口先だけの約束は、仕事でわりとよく耳にします。

考えてみると、どれかにあてはまる

うたう

大きな声で歌うとすっきりします。語源のように、心がたくさん動いて、気持ちを外に溢れ出させるからでしょうか。

九十歳を超える創立者が、今も現役で活躍するママさんコーラスがあります。戦後すぐに始まり、絶えることなく今も

嘘を、知らないうちについていているようです。嘘は、ついてはいけないと言うよりは、どんな嘘をつくかで、その人の真価が問われるのかもしれません。
嘘は、本当の姿を映し出す鏡のようですね。

嘘❖自然を表すウと、変わるという意味のソで、真実を変えることとするものや、実質の「薄（ウスキ）」の意であるとするものなど。諸説があり定かではない。

続く秘訣はなんでしょう？　主婦たちはやっとつくった貴重な時間の許すかぎり、思う存分たっぷり歌い、おしゃべりする間もなく家路につく繰り返しだったそうです。厳しい時代に、家族のことや人生の問題を抱えて、愚痴を言うかわりにみずからをなぐさめたのは歌うことだったのでしょう。美しい旋律にのせ、お腹の底から声を出すと、終わる頃にはすっかり元気になっているそうです。
わたしたちは、歌うことで、いろんな気持ちをときには静め、ときには弾ませ……まるで心と体を調律するように歌を歌うのかもしれませんね。

歌う❖溢れ出る意の「呻（ウ）」と、「多（タ）」「動（ウ）」で、溢れ出る気持ちが多く動くこと。心を外に触れさす「心外触（ウトウ）」という説も。諸説あり。

うまれる

ある人のお母さんが亡くなったのは、七歳のとき。

大人になってもずっと寂しくて、「何か足りない」と心に欠けたものを探していました。あるとき、小さな子供の母親が「もし自分が子を残して先立つことがあったら、こんなに辛いことはない」と言ったそうです。それを聞いて「一番辛いのは、自分よりもお母さんだったんだ」と思えるようになったと言います。

どんなに愛されていたのかを初めて実感したのでしょう。「産んでくれてありがとう」。感謝の気持ちが溢れ出し、欠けていた心がすうっと満たされたそうです。

うらやむ

人を羨むのは、自信が持てない裏返しでしょうか。

中学生の頃、同級生のSさんを羨ましく思っていました。英語が得意で、お爺さんが有名な彫刻家で、少しお化粧をし、愛読誌は見たこともない外国のファッ

人は、誰もが奇跡の人。気の遠くなるようなたくさんの命が繋がっていなければ産まれることができませんでした。人の体は、誰かが誰かを愛した歴史が、何億人分もつまった宝箱みたいです。

産まれる❖子を産むときに発するうなり声から成る「産む」の活用形。「海（ウミ）」を語源とするという説も。胎内を海に例えたものか。

ション雑誌。十四歳には思えない大人びた様子は、わたしにはないものばかりでした。

　語源のように「羨む」は、心の病。自分にないものを人や物に重ね、得ようとします。この病にかかったら、たとえ欲しいものを手に入れても満たされず、欲しいものが次々に変わるだけで、心はいつも空虚です。

　年を重ね自分のことが好きになったとき、無意味に他人と比べることがなくなりました。大切なものは他人や物の中にあるのではなくて、自分の中に眠っていることに気づいたからでしょうか。

羨む❖ウラは「心（ウラ）」、ヤムは「病む」。心が病気の意。恨むと同根語。自分にないものを他人が持っていることに心が動き、傷つき、心理的に病むこと。

おこる

怒りは原始的な脳の部位がもたらすそうです。それは、人間に進化する前、動物として生きていくのに必要な機能を持った、いわば古い脳。動物にとって怒ることは、生きることそのもの。弱肉強食の世界では、敵から身を守り攻撃することが最大の防御だったのですね。

人間は、他の動物にはない高度な脳を持っています。だからこそできることの一つが、笑うこと。そういえば、人間以外の動物が、お腹をかかえて笑っているのは見たことがありません。

人は、支えあい仲良くします。そのためにも笑いが必要でした。やがて文化が

がんばる

民間伝承には「眼を張る」の語源説もあります。その昔、奉公などで親元を去らなければならないとき、峠で里を振り返り、溢れる涙を、眼に力を入れて堪えたそうです。「がんばる」は、踏ん張ったり、気張ったり、体に力が入る

生まれ、文明を築いていきます。発展は笑いがもたらしたと言ってもいいくらいです。

今日の怒りたい気持ちはユーモアに変えて。わたしたちは、笑いの知恵を発揮できるほど十分に発達した文明人なのですから。

怒る❖腹を立て興奮して気が荒くなるさまを、気の苛立ちが「発（オコル）」とするものか。怒りを火にたとえ、火がオコルところからとする説も。

言葉ですね。

テレビのドキュメンタリーが、エスキモーは頑張らない、と紹介していました。頑張って力を入れると、極寒の中では血管が切れて死活問題になるそうです。では、頑張らないといけないときはどうするのでしょう。

それは、笑うそうです。苦しいときに笑うのは難しいことではありませんか？

そんなときは、形からでも。頬の筋肉を外側に張って「顔張る」。笑って筋肉がゆるむほうが、力を存分に発揮できるようです。

頑張る❖仏教の影響を受けた語。「我を張る」ことから。時代とともに忍耐や建設的に我意を通す意がくみ込まれ、現在は励ましや意欲を表す言葉として用いられる。

きく

話すことと聞くことは対照的。話すのが積極的なのに対して、聞くのは受身。聞くと、心に何かが兆《きざ》します。するとと、細胞分裂するみたいに、新たな気持ちが巡り始めます。

対人関係では、一方的に話すよりも、じっくり聞いてから自分の気持ちを話すほうが気持ちが通じあうことがあります。人の顔には、口は一つなのに、耳は二つ。話すことは半分で良く、二倍聞くくらいでちょうどいいということでしょうか。

話し上手になる近道は、聞き上手になることだそうです。「聞く」の語源の一説は、相手の「気」が入り来ること。相

きらい

彼女は赤身の魚が嫌いです。鮭はオレンジ色だからいいそうです。ニンジン、羊羹、日本酒、豆腐、丸い粒のかたまり……。嫌いなものは数しれず。その一方で、好きなものにはこだわります。チョコレートは、カカオ五五％のものがいい、なんて言うのです。

好きなものの話は聞いていて飽きませ

手を受け入れて自分を出す。聞き上手は、心のキャッチボールが上手にできる人でもあるようです。

聞く❖「気（キ）」のある声が耳に入り「来（クル）」ところから「気来（キク）」となる。また、キ・キンキンという音が耳に強く感じられるところから成ったなど。

ん。反面、嫌いなものとなると、貝のように体を固くして拒絶します。感情が交流されないで切断された状態そのものですが、その様子は、嫌いなものを意識しすぎて血圧が上がってしまいそうなほどです。

そんな彼女が、彼のために嫌いな食べ物を一つ克服しました。もともと感受性豊かな彼女ですから、克服したあとは、初めての世界が面白くて、料理の幅もひろがったと言います。

嫌いなものが好きになると、まるで恋をしたときみたいに、心の様子が一変するようです。

嫌い❖「切（キル）」より出た語。隔てる意。または「切合（キリアウ）」の約との説も。

ぐち

苦しいときは、愚痴の一つも言いたくなります。

自動車のエンジン音などの騒音を静かにする最新の技術は、音の大きさを小さくするのではないそうですね。騒音に、その音が出す振動の波形と反対の波形をかぶせるそうです。すると、プラスの振動がマイナスに相殺されて、結局はゼロとなって音が消えたように聞こえるのだとか。

嘆きたいときは、しあわせな言葉がきっと助けてくれます。騒音がなくなる仕組みのように、マイナスの気持ちがあっても、無理にそれを消さなくてもい

ことわる

日本人は、断るのが下手と言われます。相手にノーと言うと、がっかりさせないかな、傷つけないかな、と気遣う気持ちがあるからこそのこと。体裁を気にするときもありますが、断り方に

いと思うと気が楽ではありませんか？思ってしまったことはしかたのないこと。その分、しあわせな言葉をたくさん口にすることで、マイナスが勝手に消されていくなんて。
　良い言葉は、しあわせを運ぶ青い鳥のようです。

愚痴❖サンスクリット語の訳で仏教用語。言ってもしょうがないことを嘆くこと。もとは、愚かで道理をわきまえる能力がないこと。

は、好感のもてる断り方と、そうでないものがあります。
　あるとき、用事を断られたことで、かえって好感が増したことがありました。その人は、なぜできないかを素直な気持ちとともに心を込めて話してくれました。そのとき、断るとは相手を遮ることではなくて、できない理《ことわり》を心を込めて述べることだと思いました。語源の「言を分かるように」話すということに合点がいきます。
　人は違って当たり前。違うということを伝えるのは、失礼なことではなく、お互いを理解しあうことですね。

断る❖「言割」「事別」から成った。あるいは「言分（コトワカリ）」の約か。先に名詞「コトワリ」があり、動詞ができたと考えられている。

さずかる

「授かる」というと、何か特別な物をいただく幸福感が漂います。それは、地位や賞、ときには素晴らしいチャンスでしょうか。これまでの努力が叶う、とても幸運なひとときです。

　ある人は、精一杯やった後は、事態が動くのに任せ、みずからは何もしないそうです。物事が成就するには、雛が孵《かえ》るときのように、母鳥の助けのほかに、もう一つの助けが必要だと言います。それは、時。産まれ出ようとする絶妙のタイミングを逃すと、雛は産まれてくることができません。人の世においても、この「時」ばかりは、自分の力ではどうする

しる

「教えてくれるのは、知識ではない」。随筆家で骨董の収集家でも名高いある方の言葉です。自分でたしかめる

こともできないものの一つです。

語根の「下（サグ）」は、「下さる」の「下」でもあります。その意味は、上から下へ降りるもの。古く、上は天上の神をさしました。最後は、人智を超えた力に身を委ねては？と、言葉がささやいているようです。

授かる❖サは「下（サグ）」の語根。「下附（サゲツク）」で、目上の者から目下の者に下げ付けたものを得るという意味か。

前に、本や学問で得た知識でわかったつもりになることほどやっかいなことはない、いくら作風や時代の希少性を知っていても、実際に本物を掴むことができなければ意味がないと諌《いさ》めています。

「わかるだけが勉強ではない、できることが勉強だ」という訓戒もあります。学んだことを生かす。そして、知り得たことを他の誰かのために使うとき、知識は知恵になっていくのでしょう。

知識は、いつもその人の人間性に使われる道具の一つとわきまえて、知識に振りまわされることのないように気をつけたいものですね。

知る❖占領する意の「領（シル）」から。また、「明（シロ）」の意味で明白を意味することから成ったとするものなど、諸説。

すてる

以前、使わない一部屋を物置にして、使わなくなった仕事の道具をつめ込んでいたことがありました。あるとき、それらを急に処分したくなりました。思い切って捨ててしまうと、がらんとした室内は寒々しくて、肘掛椅子を置き、絵を飾り、ゆったりと音楽でも聴けるように整えたくなりました。

会社を辞め、自分のペースで仕事を始め出したのは、ちょうどその頃。当時のわたしには、片付けてできた部屋のように、ゆとりを加えた暮らしが必要だったのです。捨てられなかったのは、物ではなくて、そこに込めた自分の思いや気持

ためいき

「溜息一つ、不運の種蒔」。母から聞いた祖母の言葉です。「溜息二つで種から芽が出、三つで不運が実るから、何度も溜息をつくものではありませんよ」。

溜息や怒った人の息を吹き込んだビニール袋にショウジョウバエを入れると、やがて死んでしまうそうです。人の気持ちが吐く息にまで影響することを、母は、

ちだったのかもしれません。
「捨てる」の反対語の「拾う」には「必要なものだけを得る」という意味もあります。手放せば、開いたその手は、求めていたものを掴むようになっているみたいです。

捨てる❖「離す」「のける」意の他動詞「退（ソク）」と繋がりのある言葉。使わないで放り出すことから「放（ハナス）」＋「手（テ）」の意味であるとも。諸説。

こんなたとえ話とともに言い聞かされていたようです。
語源でも、溜まった気持ちは息にこもると考えられていました。なんだか溜息を重ねるのは、マイナスのエネルギーの上塗りをしている気になります。
胸につかえた不愉快さがなくなり心が晴れるさまを「胸が空《す》く」と言います。気持ちは溜め込まないで、いつも胸の内をすっきりと空っぽにしておくのがいいようです。そうは言っても処理できない重たい気持ちは、溜まってしまう前に、たくさん笑って吹き飛ばしてしまいましょう。

溜息❖息を溜める。「溜める」は「湛（タタフ）」のタを活用した語。「処理しないままに積み重ねる」の意。溜まった気持ちが息にこもり吐き出されるということか。

ちから

ある映画で、師匠が弟子に剣術を伝授していました。体の外側に、両手をいっぱいにひろげて動きまわれる円を描き、その円周に立つ敵を倒す訓練。弟子は、敵に切り込もうと外へ外へと攻撃します。一方、師匠は、ほとんど中心から動かず、中に向かってくる敵だけを一撃します。結局弟子は相手に振りまわされ、動きまわって体力を消耗するばかりでした。

日常の対人関係でも、力が弱いと相手に振りまわされることがあります。攻撃される前に自分を守ろうとして、かえって大きく動きまわってしまうからでしょ

てしお

人を「手塩にかける」とは、直接気を配りながら手ずから世話することを言います。手塩は、もともと食に関わる言葉。塩加減一つで、食材の味を左右することが、人を大切に育てることにたとえられるようになりました。

新入社員の頃、なぜかわたしだけが上司に叱られました。当時は悩みましたが、

うか。むやみに相手におびえない、振りまわされない強い心は、剣術の教えのように、自分の中心にどっかと腰を下ろす揺るぎない精神に宿るのかもしれません。

古くは、老齢になるほど力が増すと考えられていました。腕力を超えた精神の強さを、古人は知っていたのでしょう。

力❖体力・気力の源泉となる「血（チ）」と、系統を表す「家柄（イヘガラ）」のカラから成る。霊力のことである「霊因（チカラ）」からとする説も。

新人ばかりの部署に正社員はわたしだけだったために、早く一人前になって欲しかったのだそうです。厳しいだけではなく、部下の失敗を引き受け、さばけない仕事につきあい、上司は上司なりに人知れず闘っていたようです。育てるほうも大変な思いをしていたことは、振り返って初めてわかることでした。

本当に大切に思ってくれる人は、厳しいことを言ってくれます。ときに、わざと突き放したり、辛いことに耐えさせたりもするのでしょう。塩をすりこむような試練もあることでしょう。甘くやさしいだけなのは、どうでもいいことの裏返しかもしれません。

手塩❖付け塩の約。膳に添えた塩を盛った皿。食べるときに手塩を自分の手で直接取って自由に食物に加減したことを言った。

なみだ

洗いものをしていたら突然、涙が溢れてきました。初めて、これまで押し殺してきた気持ちの大きさがわかりました。このところ立て続けに起きた、自分ではどうしようもできないことの数々。ただおろおろするしかありませんでしたが、我ながら良く耐え、精一杯過ごしてきたなぁと思うと、ほっとして、とめどなく涙が溢れてきたのです。心の膿を外に出しているようなものでした。

古くから日本には、禊《みそぎ》として、穢《けが》れや不浄を水ですすぎ清めるならわしがありました。滝行や、寒稽古、人形《ひとがた》を流すなどは禊のたぐいです。涙は自然の禊

なやむ

遠くにいる人のことが気がかりで朝晩となく思い悩むことがありました。いくら悩んでもその場に駆けつけることも手をさしのべることもできないのに、つい考えてしまうのです。語源のよ

でしょうか。「瞼の母」「目に入れても痛くない」と言われるように愛情をしめす「目」から流れる涙は、悲しみをすすぎ清めてくれる目薬のようです。
　ひとしきり泣いたあとは、雨上がりの空のように心が晴れわたりました。涙を流すことはとても自然で大切なことなのですね。

涙❖「泣（ナク）、水（ミズ）、垂（タル）」からナミダとなる。万葉集には、恋のために流す水「恋水」と書いて「なみだ」と読んだ歌がある（但し、のちに「おちみず」と訂正される）。

うに、悩みは頭の中がそのことでいっぱいで苦しくなるばかりです。
　車や自転車で、障害物をよけようとしてかえって近づいてしまうことがあります。そのことに気をとられてしまうからだそうです。悩んでいるときも、悩みから気をそらすくらいが、きっとちょうどいいのかもしれません。
　一年前の今日の悩みを思い出すことができるでしょうか？　三ヶ月前でも難しいかもしれません。悩みはいつか消えるもの。悩み続けて病気になるなんてもったいないことはやめて、明るく元気に過ごしたいと思います。

悩む❖「萎（ナユ）」を語源とするものが多く、「萎病（ナエヤム）」などとなったのか。「脳病（ナヤム）」とするものも。考えが頭に寄り集まって、苦しむためか。

ひなたぼっこ

太陽の光は、しあわせの恵み。脳からは、感情を左右するいろいろなホルモンが分泌されています。なかでもセロトニンは、恐れや喜びといった感情をコントロールし、精神を安定させるホルモンの一つ。不足するとうつ病になったり、感情のブレーキがきかなくなったり……。この大切なセロトニンは、太陽の光を浴びて分泌されることがわかっています。

春になると、南に向いた枝から花がほころび始めます。観葉植物を日光のあたらない室内に置くと、葉の色が薄くなってやがてしおれてしまいます。太陽の

ひびく

白磁の壷を見ていたら涙が溢れてきました。その清潔な輝きに胸の淀みが消え、なんだか体中が透きとおる気がしたのです。

調律に使われる音叉から特定の音を出すと、近くに置かれた音叉は、触れなくても同じ音を響かせます。

人も、音叉のように人や物と共鳴する

豊かな恵みをうけて植物が芽ぐむように、人にとっても太陽は、計り知れない大切なものですね。
日向ぼっこをしている人が、伸びやかでしあわせそうなのは、大らかでいきいきとした希望の光に包まれているからでしょうか。

日向ぼっこ❖ヒナタボコリから。「日（ヒ）」と、方向を表すタの間に「の」の意のナがあわさりヒナタ＝日の方を表す。ホコリは、ホコホコとあたたかいという説。

のでしょうか。素晴らしい芸術や文学に触れたとき、身震いするほど感動することがあります。作家が全身全霊を傾けた美の粋と、作品を通して響きあうかのようです。
ある研究によると、体を構成する物質の周波数は四十二オクターブ。どんなに優れた楽器でもかなわないほどの音域を持っていることになります。優れた美に触れると、自分だけでは響かせることのできない琴線が弾かれるのでしょう。それは、自分のもっとも美しい心の音色。眠っていた可能性がゆっくりと目を覚ます調べなのかもしれません。

響く❖音や評判がピリピリと感じられる意である「疼（ヒヒク）」から。また、振動するピリピリという音からとするものなど、諸説あり定かではない。

まける

「教えたいことは、負けること」。子供に将棋を教えている先生の言葉です。「負けると面白くないから、すぐ辞めたくなる。負けてもあきらめずに挑戦し続けることが、成功に欠かせない能力」とのお話でした。

そのときに出せる自分の力を一二〇％発揮して負け、また一二〇％の力でぶつかって負ける……。そう繰り返すうちに、力は二〇％ずつ成長していきます。気がつくと「あのときの自分より二倍も強い」ということになっているかもしれません。

相手は、自分を強くするための大切な登場人物。負けさせてもらって、自分に

まつ

晴れた日の午後、待ち合わせの時間になっても相手がなかなか現れませんでした。周りには花屋や雑貨店が並び、街路樹が気持ちの良い木陰を作っていましたが、時計を見つめてイライラするばかり。ほんの二十分くらいがやけに長く感じられました。予期せずにできた

勝っていくのですね。

負ける❖敵に事を任せる意。「任（マカスル）」から。または任を活用した言葉。間を開いて歩を譲るところからとする説も。

こんな時間を楽しめたら、きっと時間は贈りものに変わっていたことでしょう。
あてにしたり結果を待つとき、そのことが気になって他のことが手につかないことがあります。かといって意識して気にしないようにできるなら、最初から待ったりしません。そんなとき、前からやりたかったことや部屋の掃除などに集中すると、時間が経つのを忘れます。そうした頃に連絡がくると、突然プレゼントをもらったときのように、喜びもひとしおです。
ときには、待たないことも、待つことのうちですね。

待つ❖「間取（マトル）」「間続（マツック）」など「間（マ）」を語幹としたものか。人、時、物事の訪れや働きかけを予期し、期待してその場にとどまること。

まどろむ

窓辺の陽気に誘われて微睡《まどろ》むのは、とても気持ちの良いものです。

映画などで、魅惑的な美女はしばしば微睡むような表情をしています。安心しきってトロンとした眼差しは、現実と夢の狭間に揺れているかのようです。

浅い眠りは、本当に現実と夢の狭間を行き来しているのでしょうか。はっと目覚めた瞬間、夢で見たことが現実だったか幻か……わからなくなるようなことがありませんか？　そんなとき、わたしたちはしばしば夢の世界に雲隠れして、現《うつつ》の淀みを振り払っているのかもしれません。

源氏物語では、愛しい人のもとでしば

まなぶ

ある人は、お寺のご住職から「人生は、解決するものではなく、学ぶものだ」と言われたそうです。その人は、なんとかしたくても、どうにもならないことを抱えていました。なんとかしなくてはと思うほど無力を感じ、何をやって

し微睡んだ後、月光を浴びて正気の世界に戻っていきます。
人は、ちゃんと目を開けて現実を生きるために、ときどき、微睡みの中に一休みするのでしょうか。

微睡む❖「目蕩目（メトロメク）」の意もあるが、ドロムは「トロトロ」に通じるとするものも。眠気をもよおしたときの瞼の様子が語源に感じられる。

も駄目で、とうとう心を病んでしまいました。「ただ学べばいい」。それなら山ほど学ぶことはある。そう思うと少し気持ちが楽になったそうです。
肩の力を抜いて、大河に浮かぶ木の葉のように流れに身を任すことができたらどんなに楽でしょう。流れにさからうとかえって深みにはまります。大きな流れに乗っていると、いつか出口に流れ出ます。
人生も、もがかずに「さぁ、次は何を学ばせてくれるの？」と思うくらいの余裕を持てたらいいですね。苦しさから学んだことは、きっと未来のわたしを助けてくれます。

学ぶ❖「真似（マネ）」の活用。模倣する意のマネブと、ならって行なう意のマナブが混在したが、教えを受ける意味あいの強いマナブが残った。

みる

毎日のように通る道に、昨日まで気づかなかった花壇を見つけました。小さいとはいえ、とりどりに花を咲かせて目を奪うものに、やっと今日になって気がつくなんて……。目には映っていても、気がつかないものは意外とたくさんあるものですね。

「見る」の語源には「尊い力が身にとどまって人に世の中を見せる」という説もあります。尊い力とは、目の機能を操作する使い手のことでしょうか。「人は見たままを生きる」という言葉があります。言い換えれば、人は心にあるものを見て生きる……。たくさんのものの中か

りょうり

いつも上手くいかない料理。それは、お煮しめ。味がぼんやりしているのです。ならば、と味を濃くしたらしょっぱいだけ。そんなわたしにある人が「食材の都合にあわせるといい」と教えてくれました。

どうもわたしは、自分の都合だけで料理をしていたらしいのです。じゃが芋にはじゃが芋の、にんじんにはにんじんの硬さ、火の通り良さといった都合にあわ

ら、一つを取り出して目に留まらせる使い手の正体とは、自分の心の姿とも言えそうです。

今、見えているものは何ですか？

見る❖「目入（メイル）」というところからか。「目射（メイル）」とするものなども。「目」を語根にした諸説がある。

せて切り口を整え、煮る順番を見計らい、甘い苦いといった持ち味が生きるように、水に放したり、下味を整え調味する……といった具合に、作り手が都合をあわせていくと良いそうです。なんだか、美味しく作ろうとすればするほど、自分の勝手な仕業は邪魔になるようです。

どこか人を育てるのにも似ています。「美味しい料理を作る人は、人を上手に生かす人」とも言っていました。語源にも、料理は物事をうまく処理することとあります。その秘訣は、相手の良いところを引き出そうとする心にあるのでしょうか。

料理❖「料」は「米」と「斗」で「計る」という意、「理」は「おさめる」。「処置する」「世話する」の意で使われ、治療の意味もあったそう。

第3章　いつまでも大切に

あした

「明けない夜はない、明日があるさ」。「明日」は、励ましの言葉にも使われます。落ち込んだときや悲しいときに一晩休むと気が楽になります。翌日は、きっと明るい日だと思うと救われます。何度失敗しても、また一からやり直せる明日。今日の種が花開くかもしれない明日です。

「明日」ほど、古人の実感がともなう言葉もありません。明日は、厳しい生活の中で必ずしも約束されたものではなかったでしょう。無事にやってくることを、人々はどんなに切実に願ったことか。それは今日の命を繋げて迎えることがで

いま

夜空に輝く星の光を見ると不思議な気分になります。何万光年のかなたから地球に到達する光の先端は、届いたばかりの新しい光。なのに、それは同時に星の一番古い光でもあるなんて。「今

きる、かけがいのない未来だったはずです。

「明日」と口にすると、朝日をおがむように目線が上向きになります。希望を抱くとき、おのずとそうなる姿に似ていますね。

明日❖「足（アシ）」と「手（タ）」を原義とする説がある。人が足で歩き、手で食べ物を得、次の日を迎えたことからか。定かではない。古く、明日は「あさ」のこと。

は、過去であり、未来である」。時間という観念は地球の上のわたしたちだけのものであることを教えてくれます。

生きているのは、いつも「今」なのに、時々、過去に生きることがあります。「あの頃に戻りたい」と過去から抜け出せないときです。未来に生きていることもあります。成るかならないかわからない未来の利益をあてにして、今をおろそかに過ごすとき。

目の前のことができなくて、そのときが来たときにどうしてできるのでしょう。英語の「今」の形容詞は、プレゼント。今日は、神様からもらった贈りものです。

今❖イは発語、マは「間」。生きて在る間の意でイマとするものや、イを「抱（イダク）」「何処（イズコ）」のイとする説など。

いろ

一口に赤と言っても、ワインのような紫がかった深い赤もあれば青みのさしたローズレッド、黄味がかったカーマインレッドと、とりどりです。緑、青、黄色といった呼び名以外にも、萌葱《もえぎ》、群青《ぐんじょう》、梔子《くちなし》といった和の色名もあります。一説によると、人が見分けることのできる色は七百万から一千万色。その色は、人の感情と切り離せないものだと言われています。

赤を見ると興奮しやすくなる一方、青には冷静になる作用があります。街灯をブルーライトにしたら犯罪が減ったという実例もあるほど。その人が着ている

うつわ

自然のものは、空っぽであることができません。「無い」というのは、目に見えるものがないというだけで、そこは空気で満たされています。常に何かで満たされている人生の器。もし、何もないと感じたら、そこは不足で満たされているのかもしれません。

反発し続けてきた父への気持ちを、改めたいと望んでいた頃。背を向けたま

服の色で、心の状態がわかると言う人もいます。そう言われれば、たしかに春を待ちわびるときには軽やかで澄んだ色を、嬉しいときには鮮やかな色を着たくなります。

色は「心（ウラ）」と同義とする説もあるように、わたしたちの心も色の数ほど多彩。一度きりの人生だから、豊かな彩りに染め上げてみたいですね。

色❖色彩としての色の語源は、「麗（ウルハシ）」のウルが転じたとする説や、「心・裏（ウラ）」と同語源とするものなどがある。

までは苦しくて、なんとか気持ちを変えようとしました。不満がこみ上げるばかりでしたが、長い葛藤のすえ、してもらったことだけを思い出すことにしました。過去に遡って思いを巡らせ、最後に、命をもらったことに辿り着きました。すると、ガラガラと心の砦が崩れて、父への想いが素直に溢れてきました。不満は、わたし自身の愛情不足の裏返しでした。

色つきの水をいっぱいに張った器に透明な水を注ぎ続けると、やがて器の水は透明になります。わたしの心も、やさしい気持ちを注ぎ込むことで不満を押し出すことができたようです。

器❖器のウツはウツセミ、ウツロイなどと同じで、空（くう）や虚（きょ）といった観念を表す古語「ウツ」の派生語。中が空っぽである入れ物という意味。

おかあさん

お母さんの言葉は、子供にとっての太陽。

女の子が「○○ちゃんのひざ小僧、かわいいでしょう」とちっちゃなひざ小僧を見せてくれました。女の子のひざ小僧には生まれつきのあざがあります。

お母さんは女の子を、泣いても可愛い、すねても可愛い、立っているだけで可愛いと何をやっても褒めます。そんなお母さんがあるとき、女の子にひざのあざのことを聞かれて、「○○ちゃんの印」と言いました。いつも褒めてくれるお母さんの一言は、女の子にあざを特別なものに思わせたのでしょう。もしかしたら欠

おとうさん

父の言葉は、子を導きます。

ある人が少年の頃、原因不明の病気にかかりました。治療のしようはなかったけれど、お父さんの「私が絶対、治す」という言葉に、本当に治ることを信じて疑わなかったそうです。その人は、

点に思うかもしれないことが、女の子にとっては大切な証になりました。
お母さんの言葉は、希望の光となって、子の人生を照らすのですね。

お母さん❖母の古語はイロハ。イロは大愛の意、ハは育む意で、総じて「大愛を持って育む者」の意。「お母さん」は奥方様という意味の「北のお方様」が変化したもの。

今では健康そのものですが、当時のお父さんの言葉は大人になっても忘れられないと言います。
お父さんは、子供が最初に出会う世界一頼れる人。そのお父さんの言葉は、子供にとって、強烈な人生のお手本です。今では名ある企業の代表となったその人の口癖は「どんなことがあっても会社と社員は、自分が守る」。
もしもお父さんの言葉が人生に後ろ向きだったら、「人生はつまらない」と子に教えているようなものかもしれません。
お父さんの言葉を、子の勇気と力にしたいですね。

お父さん❖「父」のチは霊、道、血、氏を示す。「父」とは霊統が続き伸びること。「お父さん」はオトトサマが変化したもの。江戸時代の武士や商人の子が用いた。

おとずれ

「訪れ」の語源に「音」を含むのは、それが文字通り音をともなってやってきたから。便りを音沙汰と言うのと、同じですね。元の意味は、相手に声をかけるところにあったようです。

今のように、交通や通信手段が何もなかったその昔、人々は声が届くのを、どれだけ期待したでしょう。せめて、風だけでも吹いてほしいと、その人の住む方角を向いて想いを馳せることもあったはずです。

声は心の音。遠くにいても、なかなか会えなくても、声をかけるだけで、心は届くのだと思います。電話がある今の世

おとな

語源のように「大人」とは、人として長けた様子ですが、長けた人とは一体どんな人でしょう。

素晴らしく思える人の気質はたくさんあります。なかでも他の動物と比べて人に際立った特徴を五つ挙げるとしたら、

の中を知ったら、古人はどんなに羨ましがることでしょうか。

そして、声はしあわせの音色。遠くの人だけではなく、身近な人への訪れもいいものです。

あなたの声を待ち望む人は、誰ですか?

訪れ❖オトは音、ツルは「連(ツルル)」。声や戸をたたく音など、音を連れることから。相手に声を絶やさずかける、手紙を絶やさずに出す意が原義。

それは、笑うこと、夢みること、許すこと、助けること、感謝することだと思うのです。

そんな人らしい特徴を伸ばした人を大人と言うなら、いい大人は、よく笑い、夢や希望を抱き、人にも与え、相手を許す人。そして、助けあい、ありがとうと思う気持ちを持っている人と言えそうです。

大人になるほど、人らしさから遠ざかってしまうように思うことがあります。わたしたちは、もともと人に備わっている素質を伸ばして、もっと簡単に生きていいのかもしれません。

大人❖「大人成(オホヒトナリ)」の略。諸説がありはっきりしない。『観知院本名義抄』にオトナツクという訓があり、人として長じた様子をさしたと思われる。

かべ

壁にぶつかったとき、「神様はその人が解決できない試練は与えない」という言葉を本の中に見つけました。とたんに、目の前の壁は、乗り越えるためにあるものに思えました。

　未来が約束されているのなら、壁を乗り越えるのがどんなに苦しくても、最後まであきらめずに、何度でも挑戦することができそうです。だけど、未来がわからないから、ときどき「この壁を乗り越えて何になるのだろう」と途方にくれたりします。苦労して力を使い果たして、苦しみが残るだけならみじめです。

　壁の向こうにあるのは、良いことかも

きずな

相手を信じることができるのは、絆が結ばれているから。

　心を繋ぎとめようとして、「どこに行っ

しれないし、良くないことかもしれません。考えてもわからないことを心配してもしかたがありませんが、迷ったときはある人から聞いた言葉を思い出します。「夢は過去にはない。夢があるのは未来だけ」。

ならば、目の前に壁が立ちはだかっても、振り返らずにその壁を乗り越えて進もうと思うのです。

壁❖カはアリカ・スミカのカ。へは隔てとなるもの。「垣方（カキヘ）」の意、「限方（カギリベ）」の意とするものなど諸説。

てたの？」「何をしていたの？」と相手を探るのは、絆ではなく束縛しているだけかもしれません。

信頼の中に結ばれ、相手を尊重し、見返りを期待しないのが絆。相手を不安に思い、いつも安心できるように規制するのは束縛。本当に大切にしているものが相手か自分かの違いがあるようです。

絆は、姿が見えないときに信じる力。相手のためを思うほど、気持ちを放して自由にさせる……。それで薄れるものは、それだけのものかもしれません。そうして残った結びつきは、何があっても切れない強い絆になるはずです。

絆❖断つことのできない結びつき。馬や犬など動物を繋ぎとめる綱が語源。「頸綱（クビツナ）」や「騎綱（キツナ）」、「繋綱（ツナギツナ）」などと様々。

こころ

水は、自由自在に形を変えます。蒸発したり、固まったり、さらさらと流れたり……。四角い器に入れれば四角に、丸い器に入れれば丸に、赤い染料を入れれば赤くなり……何にでも染まり形を変えますが、水そのものは変わりません。人はときどき水のような柔軟さに憧れます。

風は、ひとところに留まらないで自由に世界を駆け巡ります。そのような「風」に、人は、自由気ままになった自分を夢みます。

だけど、そういう人間こそ、水よりも柔軟で風よりも自由な心を持っている

こども

そんなに遠くない昔、家に水道も電気もガスもなかった頃、雪が降るような真冬はどうして寒さを凌いだのでしょう。ある老齢の女性に「当時は不便だったでしょう?」と聞くと、「子供だっ

のではないでしょうか。心は、すべてを受け入れ、思い浮かべればどこでも巡り、何にも束縛されません。誰も心の果てを見たことがないように、宇宙でも中に入れることができるほど無限です。

それほど広大で自由なものを小さなこの体の中に入れているなんて、人はなんて素晴らしいのでしょう。

心❖「凝凝（コリコリ）」「小凝（ココル）」など、凝を語根とする説が多い。「心」は「裏（ココロ）」の意味で、「神（ココロ）」が隠れたところとする説も。

たから楽しいことしか覚えていない」ということでした。

大きな地震があったとき、幼稚園に取り残されて親の迎えを待った子供は「ビックリしたけど、先生がずっと遊んでくれたから楽しかった。帰りは、お父さんが肩車してチーズを買ってくれた！」とあっけらかんとしていました。

危なくて道を歩かせることができなくて、開いたお店を探してやっとチーズを手に入れた事情は、知る由もありません。

子供の底抜けな明るさは天才的！　小さいのに、大人が忘れてしまった感性をたっぷり持っているのですね。

子供❖「子」は「小（コ）」。中世以降、複数形の「共」を添え「子共」という表記が用いられた。次第に「子」を「こども」と言うようになる。

さいのう

「天才は一%のひらめきと、九九%の努力」。トーマス・エジソンの言葉です。一%のひらめきがあれば、九九%の努力も苦にならない。世界的な発明王のエジソンだって、ふとした思いつきが最初の一歩でした。

あるヴァイオリニストは、弾くのが好きで、気がついたら演奏家になっていたと言います。「好きだから、挫折したときもヴァイオリンを手放せなかった……。たぶん人の能力は、最初はどんぐりのせいくらべ。たくさん努力を重ねた人が時間をかけただけ、人より少しましになる」のだそうです。

さだめ

ベートーベンは聴覚を失いました。音楽家にとって致命的な障害を乗り越えて奏でられたその調べは、時代を超えて多くの人を魅了します。ヘレン・ケラーは生まれつき見ることも聞くこと

チャンスの神様には前髪しか生えてないと言います。あとから気づいて追いかけても後ろ髪を掴むことはできません。あっ、と思ったことを素直にやってみるのも才能のうちなのでしょうね。

才能❖「才」は生まれつき持った知能の働き＋可能である意の「能（アタフ）」と組み合わさった語か。物事をたくみに成し遂げる優れた能力を言う。

も話すこともできませんでした。サリバン先生との出会いによって才能を開かせた生涯は、あまりにも有名です。

人はそれぞれ事情を背負って生きています。誰にでも悩みや苦しみがあり、ときには不運を嘆くこともあるかもしれません。でも、人生は悲しむためにあるものではないでしょう。もしかしたらその苦しみこそが、人生を輝かせるカギであるかもしれません。だとしたら定めは、宝石の原石！

わたしたちのできないこと、欠けていることは、ときに、自分らしさへの一番の近道になるのでしょう。

定め❖決まり。定まっている運命。「定（サダ）」を「正（サタ）」あるいは「沙汰（サタ）」とするもの、シズマルの意であるとするものなど諸説。

じしん

高校生の頃、背が高いのを気にして、いつも猫背で歩いていました。成人してスーパーモデルが流行していたあるとき、「背が高くていいね」と言われたことがありました。それから急に背の高さが気にならなくなりました。あんなに嫌だったのに。何気ないひと言で歩き方や選ぶ靴まで変わるなんて不思議ですね。

美容整形外科医だったマルツ博士は、患者の多くが整形手術をしたことで人生が好転したのは、手術そのものの効果ではなくて、「わたしは美しい」と信じきる思い込みであったことに気づき、メス

じぶん

病院で「心臓が痛い」と言ったら「どこにあるのか知っているのですか?」と訊かれて、はっとしました。そう言われると、自分の心臓を見たことも触ったこともありません。結局そこは肺でした。自分のことは何でも知っているようで、意外と何も知らないのですね。

実際に、わたしたちの知っていること

を捨てたそうです。（著書『サイコ・サイバネティックス』）

自信とは自分を信じること。その自信の持ちようで、人は自分を素敵にも、みじめにもするなんて。何があっても堂々と自らを信じていれば、大抵のことは乗り越えることができそうです。

自信❖自らを信じること。「自（ミズカラ）」は「身つから」が変化したもの。「から」はそれ自体の意。その人自身＝自分を信じるということからか。

は真実のほんの一部分。たとえば人の目に見える光は、存在する光エネルギーのわずか八％と言われます。その狭い範囲の光で見た世界がわたしたちにとってのこの世のすべて。そこにさえ知らないことが溢れているのですから、自分とはなんてちっぽけな存在なのでしょう。

ある人は、ちっぽけだと思うとかえって勇気が湧いてくるそうです。どんなに恥をかいても、たかが知れた小さなこと。だったら怖がらずに大きな世界に飛び込んでいこう、と。

あなたは、未知の自分に挑戦する人ですか？

自分❖自分の「分」は、「本分」の「分」。本来備わっている性質で、その人自身の力量をさした。民間説に、自然の分身という説も。

たから

宝の漢字には、財や貨の字をあてることもあります。今の世の中、宝物というとすぐに思い浮かぶものは、金銀財宝でしょうか。

宝の語源は、手に持った神がかりの依《より》代《しろ》を意味する「手座（タカラ）」からくるとする民俗学の一説もあります。手をアンテナに、大いなる力を受信するといったSF小説の登場人物を思わせるダイナミックな語源です。

その神聖な力が形になったものを財産というなら、古代風に言えば、それは自分に宿った神の力に相応しいものと言えそうです。

たね

種は芽を出し、花を咲かせ、実り、また次の種を残します。命の始まりと終わりがぎゅっとつまった、まるでタイムカプセルのようです。

「財貨は欲の分だけ差し引かれる」という言葉もあります。身の丈にあったものを、いつも人は得ているということでしょうか。

宝❖タは田を語根とする説が多くみられる。「田自出（タカライズル）」「田代（タカハリ）」など。金銀財宝に人がタカルところからとする説も。諸説。

生命に死があるのは、進化するためだと言われます。魚が陸にあがって両生類となったように、進化は、生存をかけた知恵が親から子に引き継がれて、だんだんと姿を変異させることと考えられています。種は、命を残すばかりではなく、生涯をかけて培《つちか》ったものを次に伝えるものでもあるのですね。

「もし生まれ変われるとしたら、今度こそ夢をかなえたい……」。どれほどの人がそう願い、また自分の子供に夢を託して生涯を終えていったことでしょう。わたしたち一人一人は、先祖ができなかったことができる、可能性の種です。

種❖「田（タ）」に由来する説が多いのは、命の糧である田に尊さを感じたからか。「田根（タネ）」や、その形から「玉苗（タマナエ）」、「田実（タノサネ）」など。

つぼみ

固く閉じた芍薬《しゃくやく》の小さな蕾の中には、やがて百枚を超すであろう花びらが少しずつ作られています。

どうしたら、五百円玉くらいの固い小さな蕾の中に、たくさんの花びらが納まるのでしょうか。咲くと、手のひら一杯に、ドレスのように花びらが広がります。その姿を見るたびに、不思議でなりません。

蕾は、準備がととのって初めて開きます。春の芽ぐみは冬の寒さのうちに定まっているように、未来は、この瞬間に、その姿を決めているのかもしれません。

そのときがきたら準備しようと思いが

とし

十二月一日に、クリスマスカレンダーをいただきました。一枚の絵に描かれた家々には、窓が二十四個あり、日付のついた窓を一つずつ開けると、クリスマス・イヴには全部の窓が開くというもの。早速、一日の窓を開けると、クリスマスの飾りつけをする家族が現れました。二日目には窓辺でピアノを弾く人、三日目にはダンスをする人。日にち

ちですが、そのときには、もう次のことが始まっているようです。

蕾❖「壷（ツボ）」のように「円（ツブラ）」であることから。「円芽（ツブラメ）」「円身（ツボミ）」という説も。その形から「円」という字があてられたのか。

を追ってだんだんと、クリスマスカレンダーはにぎやかになります。師走のこの時期、往く年を惜しむ気持ちとは裏腹に、日が経つのが楽しみでした。年をとることも、こんな風に待ち遠しい毎日の先にあるなら悪くありません。

「年」は、豊かさを意味する「タシケシ」の語源タシを成り立ちとする説もあるようですが、年をとることは本来とても豊かなことでした。古人は目覚めるたびに、新しい一日に感謝を捧げて生きてきたのでしょうか。このお正月、そして再び巡ってくる誕生日を、「また一つ豊かになる」と喜んで迎えたいと思います。

年❖富・豊の語幹のトと、食物・収穫のシから。また、神の霊を田に成して天皇に寄せた稲の意でもある「田寄（タヨシ）」から成ったとする説も。

とびら

「夏の扉」「夢の扉」「扉の奥」。薄い一片の戸板がこちらと向こうを隔てているだけなのに、扉の向こうには、何か特別な世界でも広がっているように覗いてみたくなります。

神社で行なわれる伝統儀式に「輪くぐり」があります。茅の縄で作った輪や、火の輪、木にくりぬいた穴をくぐって穢《けが》れを祓《はら》おうとする信仰です。輪は、まるでタイムトンネル。古代、特別に結界された輪の内を潜り抜けると、神聖な次元へ自分を更新するといった意識があったのでしょうか。

扉は、あちら側とこちら側を隔てる結

ともだち

心理学の勉強をしている友人に、「どんな友達が欲しい?」と聞かれて、「やさしくて心が広く、その人といると楽しくてお互いに刺激しあえる人」と答えました。すると「今、思い描いた友達像は、実は理想の自分の姿」と言われました。

そうだとしたら、現実の自分とはかけ

界。新しいことを始めるときの、過去の自分と未来の自分を分ける境界線のようです。新たな世界、新たな自分に会える期待と不安を胸に、その扉を開けるのは、いつも自分。

扉の向こうに、待っているものは何でしょうね？

扉❖「戸片（トヘラ）」の意から。開き戸の戸。「戸開木（トヒラキギ）」の略、または「戸開板（トヒラキイタ）」の略とする説もある。

離れているように思えます。友人によると、理想は自分にないから望むもの。ですが、自然のものが片方だけでは存在しないように、嫌な自分の反対に、素敵な自分もちゃんといるそうです。どんなに感性が豊かな人でも、自分にないものを感じるのは難しいように、努力すれば成れるものにしか、人は憧れないということでしょうか。

類は友を呼ぶと言うように、周りにいる人は、自分の写し鏡。理想の友達とめぐりあう一番の方法は、思い浮かべた人に、自分がなろうと努力することかもしれません。

友達❖トモは、共の義で、群れや仲間を意味し、その中でも親密な間柄の意の「どし」「だち」があわさった言葉と思われる。

なまえ

目の前のボールペンに名前をつけてみました。

濃く赤みがかった桃色だから「苺」。「苺」は、たちまちその他のボールペンとは違う特別なものになりました。苺はどこ行った?というと、返事をしそうです。名前は、それが他とは違う特別な存在であることの証ですね。

人は親から名前を授かります。皆が持つ名づけの由来は、子供が将来しあわせになるようにとの思いが込められたもの。そして何よりも、親が口にして心地よいと感じた響きだったはずです。親は、名前を呼ぶたびにしあわせをかみしめ、何

ね

「この木の根はどれくらいの大きさだと思いますか?」。空に大きく枝を張ったその木の根は、枝と同じ大きさで土中に広がっていることを知って驚いてしまいました。語源のとおり、根

度も何度も子の名前を呼んだことでしょう。

生まれてからこれまで、何度名前を呼ばれてきたかわかりません。そのたびに、そこに込められた願いが唱えられているようなものですね。

名前❖古語は「名（ナ）」。人物の為りたる状態を表した「為（ナリ）」や、「汝（ナンジ）」「馴（ナル）」などのナとするものがあるが定かではない。

とは、まさに「土」に張る「枝」そのものです。

大きく豊かに枝を茂らす木。その枝に小鳥が舞い、木陰に人や動物が安らぐ景色は、のどかでしあわせです。人も、素敵な人生を実らせるために、命の枝と葉を脈々と大きく広げることができたらいいですね。

木に習うなら、枝は人生の広がり、根は人の内面の広がりでしょうか。

世の中の見えるものは、見えないものに支えられています。木の根は、そんな自然の摂理を静かに物語っているようです。

根❖「土（ニ）」に張る「枝（エ）」が語源となってやがてネと発音されたものか。ネの語源には性・宿・大地の意をあてるものもある。

ほこり

誇りとは、名誉に思う心。「誇り高い人」と聞くと、功績を成し遂げた立派な人が想像されます。

誇らしい気持ちを持つのはいいものですが、一つ間違うと「誇り」は埃。誇り高いために「ごめんなさい」が言えなかったり、人に物を頼んだり、教えてもらうのが苦手だったり……。立派な銅像につもったチリのように、自分を滑稽にする邪魔なものになることもあるようです。

自分の価値を尊ぶのは大切ですが、胸を張りすぎてふんぞり返っては、逆に倒れてしまうかもしれません。

周囲の賞賛を期待せず、自分を高める

まる

物事が荒立つことなく上手くいく様子を「丸くおさまる」や「円満」などと言います。丸とは、睦まじさを象徴するような形です。

人差し指の上でボールをくるくると回

ことに専念できる人こそ、本当に誇り高い人。みずからを誇る者は、奢る人でもあることを言葉が教えてくれています。

誇り❖「大（オホ）ゴル」の略。オホゴルは「奢る」意で、「奢る」が「誇る」に通じるようになったと思われる。「誇り」はその名詞形。

すと、どこを回しても、さしたところが中心軸になります。この中心が表面に無数に散らばった形が丸。それは、どこでも中心になりますが、どこも中心でない、考えてみれば不思議な形をしています。

　普段、これだけは譲れないと思うとき、丸を見習ってみようと思うのです。すべての人は世界の中心。相手にだってこちらと同じように譲れないものがあるはずです。ときには相手の立場にたって世の中を見渡すと、一味違った世界に気がつくこともあるかもしれません。

　そういえば、わたしたちが住んでいる地球も丸ですね。

丸❖「まろ」の変化したものであるらしい。中世まで「丸」は一般にマロと読んだ。音を発するときの口の形からか。立体としての球状をいう。

みち

ミは「真」を意味し、チは「所」を示すという語源説もあります。真実のある所が道ということでしょうか。

人生の道がすぐに見つかるなら、こんなに楽なことはありません。人は、自分にとっての真実を探して、いつも、これかあれかと迷いながら生きているようなものでしょう。

選んだことが正しかったかどうかは、結局、わからないことが多いかもしれません。ただ、どこに向かっているのか手探りでも、振り返れば、歩いてきた足跡の後ろには一筋の道が続いています。それこそ、まぎれもなく自分のいたところ。

めぐみ

「恵み」の語源は「愛（メグシ）」。愛の字をあてるように、もとは神仏や自然へ、または目上の人が目下に、愛情をかけることを言ったそうです。

これ以上の真実があるでしょうか。
迷いながらも一歩一歩あゆんできた道は、まぎれもなくあなたにしかできなかった尊い道。ひたすら歩く。きっとそれでいいのだと思います。

道❖ミは尊称の「御」で発語。チは「路（チ）」で通路のこと。道路を領有する神を敬って、通路に「御」を添えたとされる。

これまで、どれだけ多くの恵みを受けてきたことでしょうか。自然の恵み、両親の恵み、人生の恵み……。心に残っているものは、どれもお金では買えないものばかり。洋服などの品物で、恵まれた当時はとても大切にしたものでも、十年たった後に思い出せるものは、いくつも残っていないようです。
語源には、「恵む」と「芽ぐむ」が同じような成り立ちをしたという説もみられます。どちらも「内に含んだ心が芽を出す」ところから成ったもの。
真の恵みも、内に含んだ愛情が、豊かさの芽を育むのかもしれません。

恵み❖「愛（メグシ）」から。メは目、グシは「苦（グシ）」。見て胸が痛むほど苦しい、が、いとしい意に転じ、後に神仏や自然の恩恵の意に。

やみ

闇という漢字は、「門」構えの中に「音」を書き入れます。暗くするなら閉じ込めるのは「光」でも良さそうなのに、そうではないのですね。

太鼓の音を間近で聴くとドーンと体がふるえます。音の正体が振動であることがわかる体験です。科学の世界では、物質の源である素粒子は、振動しているとがわかっています。光もまた振動していますから、音は光の素の姿とも言えるのです。古人は、科学の謎があかされるずっと以前から、そんな自然の成り立ちを知っていたのでしょうか。闇の一字に、現代科学の枠がつまっているようで驚い

ゆめ

夢を声に出し、唱えていると叶うと言います。ですが、同じ言葉を唱えても、実現するときとしないときがあるのはなぜでしょう？

言ったことが不思議と叶うという人に会って、感じたことが二つありました。

てしまいます。
人に一番身近な音は、声。それは、みずからがこの世に生んだエネルギーです。あなたの一言は、周りを明るくも、闇にもする力なのです。

闇❖光が「止（ヤム）」の意。天照大神が岩戸にこもったとき闇が訪れ、人が家業を止め家にこもると、闇は「病み」をひき起こしたとされる。活動が停止した状態。

一つは、本人が自分の言葉を強く信じていること。もう一つは、言葉がとても具体的なこと。まるで夢が叶った自分が、ここにいるかのように話すのです。
夢が叶わないという人は、最初から叶うことを信じていないのかもしれません。「叶うわけないと思った現実」は、皮肉にもちゃんと叶っているようです。
その人に会って、気持ちと一致しない言葉を話すのをやめようと思いました。夢は、いつも使っている言葉が運んでくれるのなら、本当はしたいのに「したくない」とか「できっこない」と悲観してもあまりいいことはなさそうだからです。

夢❖眠ることを「寝（イ）」といい、その間に見るものの意からイメとなりユメとなった。実現するのが難しいが、将来やりたいと思うことの意味にも使われる。

第4章　こころの模様

あたたか

暖かさは寒いときに感じる温度。自然のものは、正反対のものがあって初めて感じることができる、まるで表裏一体です。

桜前線は暖かいところから、北へ移っていきます。それなら、真っ先に九州で開花しそうなものなのに、たびたび四国や静岡で最初に咲くのはどうしてでしょう？　春は、寒い日と暖かい日を繰り返し、じらすようにやってきます。暖かさの後の急な冷え込みが、花の眠りを醒ますそうですが、寒暖の差の緩慢な南では、桜も長く微睡《まどろ》んでいたいのでしょう。

自然は正反対のものが同時にあり、と

あらた

「新た」の語源にある「報いの現れ」の意は、善悪の報いが神仏に照らされて結ばれることだそうです。

毎日、たくさんの新たな出来事が起こります。新たな出会い、新たな仕事、新たに手に入れたもの……。それらは、良きに一方に偏り、ときにもう片方に偏りながら、両方の良さを高めあうものでもあるようです。明るさがあるから暗さがあり、男がいて女がいて、暖かさの隣りに寒さがある……。ま逆でありながら一対のものは、反対のものを通して自分を知り、切磋琢磨もできるもの。いるときはわからず、いないときに望む背中合わせの恋人同士のようですね。

暖か・温か❖「熱（アツシ）」の語幹とかかわるアタから派生した語か。「物の温度が気持ち良いさま」が転じて、物事の状態が人に心地良いさまにも言う。

くも悪くも自分の行ないの報いであることを、言葉が教えてくれているようです。

春、新緑が芽ぐむ季節になると、新たなことを始めたくなります。シャツや持ち物が新しくなると、気持ちまでまっさらに。新しい物事には、初心をよみがえらせてくれる浄化作用もあるのではないでしょうか。

たとえどんな報いを結んでも、そのたびにリセットして一からやり直せるから、人は前に進んでいけるのかもしれません。やり直そうとする気持ちがあるかぎり、前よりも、きっとしあわせに近づいているはずです。

新た❖「物事がこれまでと違って新しい」という以上に、「特に神仏の霊験や報いがはっきり現れるさま」という意味がある。「霊験あらたか」の「新た」でもある。

あわただしい

「あわ」を意味する二つの漢字を重ねると泡沫《うたかた》。水面に浮かぶ泡のように、儚く消えやすいことを意味します。慌しい日々は、まるでサイダーの泡。湧き上がっては消え、どこか夢のようです。

せわしく自分を動かしたものが、泡の弾ける一瞬の、水を跳ねた煌《きらめ》きのように美しく心に残ることがあります。でも、本当に大切なことは、慌しさの中に消えてほしくはないものです。

時間がなければ、必要なもの以外は捨てることも、ときには大切なのでしょうね。そうして残った少しのものにゆっく

いらいら

新入社員の頃、難しい部署に配属されて、いつもいらいらしていました。まだまだ子供だったとはいえ、当時は気持ちを抑えることができなくて、電話に出てはいらいら、ものを頼まれてはいらいら……。イラの語源でもある棘が、触れるものをチクリと刺すように、わたしも周りの人にとげとげしくしていたように思います。当然のごとく行き詰まり、

り向きあうとき、かけがえのない何かが人生に積み重なっていくのかもしれません。

慌しい❖「泡立(アハタツ)」、または「沫立(アハタツ)」から派生した形容詞で、アワタタシ→アワタダシイとなっていったと考えられている。

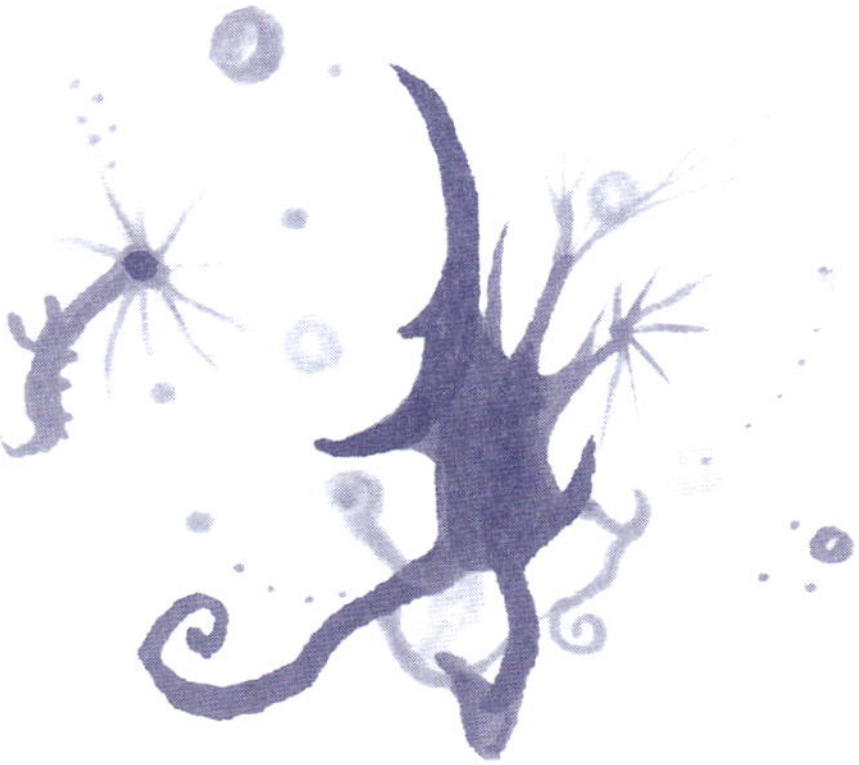

せめて一つ、楽しい思い出を作ってから辞めようと、最後に精一杯仕事をしました。結局、やり甲斐が出てきて、会社を辞めたのは十年後のこと。

最近、レジに並んでいたとき、ふと当時を思い出しました。こうしている今も、同じ列でいらいらするわたしと、まったくそうでない人がいます。あのとき、いらいらするのは自分の心の棘であることを思い知らされたのでした。深呼吸して棘をとろうと一息つくと「こちらへどうぞ」とすぐにレジに通されました。やっぱり、いらいらしていても、いいことはなさそうです。

いらいら❖「痛(イタ)」や「イガ」に通じるとするものなど諸説。イラから「いらだつ」「いらつく」などの語が派生し、神経の高ぶった様子を表す。

うつくしい

「美しい」には、「綺麗」と違って愛情が漂っています。語源の「厳（イックシ）」からは、慈愛を表すウックシムの語も派生したとされています。愛情を寄せるからこそ、ものごとは美しさを増してみえるのかもしれません。

幼い頃、自分のお母さんほど美しい人はいないと真剣に思っていました。不思議とどの友達も自分のお母さんが一番の美人だと言い張ります。愛情を寄せる相手を人は最高に美しく思うものなのでしょうか。綺麗との違いは、そんな造形を超えた心の世界にあるように思えます。

心から惹かれる相手は、どんなに見た

うららか

「きらきら」「うらら」のように、感覚にうったえる言葉が多いのが日本語の特徴です。あらためて考えてみると、どうして春の様子を「うらら」という音で表すのか不思議です。でも、

目に綺麗な人よりも、美しく映るはず。
内面からかもしだされる美しさこそ、
きっと本物なのでしょう。

美しい❖「厳（イツクシ）」の音が転じた。神に真心で奉仕することから「大切にする」となり、次第に「立派・可愛らしい」となったのが、やがて美を表すようになる。

聞くとたちまち、日差しが柔らかく、気持ち良い風のある春の風景がよみがえります。発音の心地良さや「ら」の音の明るさが、心にのどかさを漂わせるのでしょうか。

日本語の中にある言霊《ことだま》は、発音の一つ一つに意味が込められていると言われます。その音を聞くと、体にきざみ込まれた記憶が、たちまちのどかな風景を脳裏に浮かび上がらせるかのようです。

「麗か」は、顔つきを言うこともあります。「麗」の字は、それが精神的に豊かで気高く美しいこと。美貌は、豊かな心の現れでもあるのですね。

麗か❖空が晴れて、太陽が明るくのどかに照っている状態を「ウララ」や「ウラウラ」と表したことから成ったのか。ウラを「浦」とするものも。海の様子か。

うるさい

五月の蝿と書いて「うるさい」とは、絶妙な表現です。今にもしつこい蝿の羽音が聞こえてきそうですが、古くは、プレッシャーに似た心情を表しました。

鳥は空気の抵抗があるから高く飛ぶことができます。人も、適度なプレッシャーがあるから、自分を高めていけるのかもしれません。

ある人は、試練がきたらこう思うそうです。「お陰で、また成長できる」。嫌な人と出会ったら「この人は、わたしを立派にするために協力してくれている」。そう思って感謝するそうです。

うれしい

もうすぐ小学生の彩ちゃんに「嬉しいことあった?」と聞くと、友達と砂遊びして遊んだこと、お母さんが大好きなハンバーグを作ってくれたこと、

古くは、相手に「五月蝿い」という言葉を向けるとき、「うるせし」と言うと、相手の賢さや立派さを表したそうです。

五月蝿い❖ウルはウラと同義で心。サシは狭シの意。他者からの圧力で、心がしめつけられ悩むさま。騒がしいとなったのは後の転義。

と今日一日で嬉しかったことが、あれもこれもと出てきます。

大人になると、何かが少しでも欠けると、すぐに不満にする達人にはなっても、あって当たり前のことをわざわざ喜んだりしなくなるようです。相田みつをさんの詩に「しあわせはじぶんの心がきめる」とあります。今日を喜べるかどうかも、その人の心次第かもしれません。

「嬉しい」の語源には、「祝うべきことの訪れへのお礼」の意味もあるそうです。喜んで嬉しい気持ちで生きることが、何よりもこの命に感謝をささげることなのかもしれません。

嬉しい❖「心（ウレ）」「良（イシ）」で、「うれしい」となる。「良（イシ）」の語源には、善、宜、喜ぶ、米など、良きモノが「頻（シキリ）」という説も。

きらきら

古くは「きらきらし」と使われ、物の光に反射した輝きというよりは、容姿や態度、性格の美しさを言ったようです。麗しく荘厳であることを、人物にあてはめたのですね。今も「あの人、きらきらしている」などと言うことがありますが、現代を生きるわたしたちも、古人のように心に感じた輝きを自然と感じているようです。

あの頃、きらきらしていたことは何？と聞かれると、瞼の奥に、なつかしい思い出や嬉しかったことが浮かんできませんか？ そんな出来事を、明日を生きる力にして今を生きる……人生には、その

けんきょ

仕事の修正を求められて、どうしても受け入れ難いときがありました。友人の「謙虚に考えてみたら？」の一言でやり直すことにしましたが、試行錯誤しながらも、相手の考えに身を置くとき、次第にこだわりが抜け、結果的に良いものになりました。

最初は、自分の思いで一杯でした。相

ような場面もあるのではないでしょうか。
人がたびたび夜空に輝く星にたとえられるのは、胸のきらめきを糧に自分を輝かせる様子が、星のきらめきと重なるからかもしれませんね。

きらきら❖語根キラは、物が瞬間的に輝くさまを重ねたもの。他説には、輝きが目にうつるとき、キラキラという音の感じがするところから生まれたとするものもある。

手の無理解に悶々とし、どうやったらわかってもらえるだろうかと、そればかり。自分が正しいということを前提にしていたことに気づいたのも、謙虚になれたからこそ。
「謙虚」の字は「『謙《へりくだ》る』と『虚《うつ》ろ』になる」と書きます。相手を敬うと、自分のことが控えられます。自我が差し引かれた頭と心には、その分、わからなかった新たなものが流れ込むようです。
謙虚になるとは、なにも相手と比べて自分を卑下することではなく、相手を通して、未熟な自分をもっと上の次元に高めていくことかもしれません。

謙虚❖「謙」は相手を敬う気持ちで自分をゆずる、「虚」は邪心を持たない意。控え目で、でしゃばらない素直な様子。

さく

植物の勢いが良いさまは、人生の祝福の場面で、よく用いられます。受験合格を「さくら咲く」というのもそうですし、厳しい冬を乗り越えて開いた花の様子は、人生の幸運と重なります。

「蝶は、花が下を向いていたら、とまれませんよ。ちゃんとわかるように上を向いて咲きなさい」。しょげかえっていた娘への、あるお母さんの言葉です。憧れの職業の最終面接まで辿り着いたときのこと。本番を前にして「わたしなんて……」と自信をなくしていたそうです。「どうせ咲こうとするのなら、おいでおいでと招くくらいの気持ちを持って」。

しあわせ

何をやっても上手くいかなくてどうしようもなかったとき、ある人が目の前にコップを差し出しました。その人はこう言いました。「こっちはコップの影、そっちはコップに光があたってい

彼女は、わたしという花がどんな花か、ただ見てもらおうという一心で、胸を張って明るく振る舞ったそうです。お母さんへの知らせの言葉は「さくら咲く」。語源の通り、しあわせが来ました。

咲く❖つぼみが裂けることから。「栄（サカユ）」の義。または「幸来（サキク）」とも。「さく」の自発形の「さかゆ」となると、「勢いがさかん」「繁盛する」の意に。

るところ。大丈夫、どっちから見てもコップに変わりないんだから」。

「今は、コップの影に隠れてるだけじゃない」とも言われると、とても小さなことにこだわっていたように思えて、はっとしました。明るいところからコップを見る知恵がなかっただけ？と、なんだかおかしくなりました。

しあわせもコップかもしれません。最初からそこにあったものを、影から見つめたり、光のあたる場所から見つめたり……。語源にならって言うなら、心のまなざしを、いつも「しあわせが良い」とこころに注げる人になりたいと思います。

幸せ❖「為合（シアワス）」の名詞化。為し得た結果または過程を「しあわせ」と言う。古くは「しあわせが良い」「しあわせが悪い」と使った。

そよそよ

そよそよと聞くと木の葉のゆらめきや風の動き、葉と葉が触れあう音や光の濃淡、空気の乾湿までもが体中によみがえります。

「そよそよ」は英語で「softly」、「ゆらゆら」は「rolling from side to side」。アメリカのような多民族の国では、言葉を正確に理解するために感覚的なことや感情を排除して、ものごとを説明する必要があるのでしょう。それに対して、日本語はなんて直感的なのでしょう。考え方など十人十色なのに、「そよそよ」と聞くだけで同じ感覚を共有し、再生することができるのですから。

たのしい

楽しいことがあると、おもわず体が動きませんか？

子供は楽しいことがあると、飛び跳ね

日本語の中には、自然の動きを表す言葉がそのまま心のありさまを伝える……そんな豊かさがあります。自然に情緒を重ねあわせる日本人ならではの美意識が、織り込まれているようです。

そよそよ❖ソは諭す、ヨは依りあう意で、諭されてそよとうなずくときのように木の葉が動くところから。風が吹いたりして木の葉などが音をたてる様子。

たり、走り回ったりします。言葉の由来も、のびのびと手を伸ばして喜ぶ人の様子にあるようです。

何か楽しいことでもないかな、と探しているときは、楽しくないときが多いようです。そんなときは、心地良く体を動かしてみるといいかもしれません。おかしくないのに無理して笑えませんが、体をくすぐると反射的に笑い声を立ててしまいます。もともと人は、体を動かすことに喜びを感じるようにできているそうです。

何かを期待してただじっとしてばかりいても、楽しくありませんからね。

楽しい❖心身が満ちたりた状態。手を伸ばして喜ぶところから「手伸（タノシ）」であったとか。「嬉しい」が精神的なものであるのに対し、「楽しい」は肉体的。

たまたま

たまたまお店に立ち寄ったら、欲しいものがあった……。たまたま道を歩いていたら旧友にばったり会った……。「たまたま」には、「都合よく、さいわい」といった好意の訪れのようなおもむきがあります。意図せずに訪れる偶然が良いものであると、贈りものをもらったみたいに嬉しいものです。

「偶然は必然」と言う人もいます。出来事は、コップ一杯に溜まった水が、こらえきれずに溢れ出すように、そうなるだけのことが知らず知らずに溜まった結果というのです。だとしたら、たまたま起こった幸運は、一時だけの儚いもので

だめ

わたしの母は脳梗塞のリハビリで、動かない左手を動かそうと努力しました。かすかに手首が動くようになったものの、それ以上は駄目で、指が動くまでにはならないだろうと誰もがあきらめかけたことがありました。母だけはあきらめず、動かない指に力を入れ続けていたある日、突然指の一本一本が動き出

はなくて、もっと大きな幸運を知らせるほんの先がけ。
良いことがあるたびに、次の嬉しいハプニングを待ち遠しく過ごせたら、いつもの一日も、わくわくするとっておきの時間になることでしょう。

偶々❖「絶間（タエマ）」または「立間（タツマ）」から派生。めったにないことを表す「遠間（トホマ）」の約が転じたとするものも。

しました。階段を十段くらい一気に飛び越えるような上達ぶりでした。
赤ちゃんは、寝たきりでも忙しく手足を動かします。その動きが急速に鈍くなる時期があるそうです。それは、もっと複雑な動きをするための準備期間。脳がこれまで習得したことを整理するために、活動をゆるめていると考えられているそうです。
順調にできていたことが急にできなくなることは、よくあることです。そんなときこそ、あきらめないで。
ジャンプするとき腰をぐっと低くするように、できないときこそ飛躍のバネ！

駄目❖囲碁の用語で、双方の境にあってどちらにも属さないところ。ここに石を打っても効果がないことが転じて、何の益もないこと、役に立たないこと。

ちょうどいい

「ちょうどいい」が口癖の人がいます。バスが遅れて来ても「ちょうどいい」、頂き物をして「あら欲しかったのよ！　ちょうどよかった」、夕食の材料が足りないときも「かえってちょうどいいね」。どんなときでも、とにかく「ちょうどいい」とニコニコしています。

どうして、いつもちょうどいいのか訊いたことがありました。不満は言うとキリがないけど、成ったままが自分に相応しいと思うと嬉しくなるからだそうです。

不思議と「ちょうどいい」と言っていると、本当にちょうどよくなるとか。夕食の材料が足りないときは、ご主人が急

ながれる

雲、水、風、体の中では血液が……自然のものは、一つところに留まらずに流れています。そうして循環を繰り返し、生きとし生けるものは、その役割と生命を保ち続けているのでしょう。

このところ自分にかまってなかったよ

に残業になってちょうどよかったし、バスが遅れたときもそのお陰で渋滞に巻き込まれずにすんだと言います。
あとでつじつまがあえば、いいのだそうです。「ちょうどいい」と言うのは、そうなるためのおまじないでもあるようです。

丁度いい❖擬音語チャウに助詞トの添った形「ちゃうど」の転とするものや、チャントと同語源とする説など。時刻や物の分量、状態が、期待や目的に一致すること。

うに思えて、お風呂で、頭から足の先までを「ありがとう」と言いながら洗いました。そうすることで自分に心配りができるような気がしたのです。「あぁ、世の中のものは流れの中にある」、そう思えました。一日の汚れは水で洗い流されます。流れない水は淀むように、わたしもやわらかく気持ちを入れ替えて、新鮮な気分で生きていたいと思いました。
自然に学ぶなら、過ぎたことは水に流し、入ってきたものは次に流し、物事は溜まらないうちにすぐに片付けて、いつも風通し良くしているといいのでしょうね。

流れる❖水などが長く下りゆくところから「長（ナガ）」を語幹にする説が多くみられる。「長有・長生（ともにナガアル）」など。

におう

匂いは本能の仕業。動物性の香りは、ホルモンを刺激し体に変化をもたらします。麝香《じゃこう》鹿の雄が雌を誘うために放つ匂いは、麝香として香に焚き染められていました。西洋ではムスクの名称で香水に用いられています。

「匂う」は雰囲気をも表します。人は、見えない存在感を匂いや色として本能的に感じとるものでもあるようです。「匂うような美しさ」とは、美しさや魅力が、その人の周りに漂って感じられることや、鮮やかに色づくさまを示します。

香りは、古代の人々にとって神秘的で高貴に感じられたのでしょう。平安時代、

にがい

子供は、苦いものや酸っぱいものが苦手です。腐ったものや危険な食べ物を避けようとする本能だそうですね。

大人になると、苦味や酸味を美味しいと思うようになります。お抹茶は、独特の苦味があるからこそ味わい深いと言われます。人生も、苦さ、辛さ、胸が酸っ

貴族は、念入りに香を衣服に焚きしめ身分やたしなみを表しました。匂いは自己の存在を強める道具でもあったようです。

匂う❖「丹秀（ニホ）」を活用したもの。赤色を示すニと、抜きん出て現れている意のホから成る。言葉の意味に「赤く鮮やかに色づく」の意があるのはこのためか。

ぱくなるようなことがわかって、初めて甘さの幸福感や喜びを楽しめるのではないでしょうか。

苦しさを乗り越えた人は、その分、人にやさしくなれると言います。苦手なものも好きなものも、一つにとけて人生はまろやかになるのかもしれません。

できれば、苦い思いはしたくないものです。でも、守られた世界で好きなことだけをやっていては、新しい自分に出会うことはきっと難しいですね。人生には、ときには、苦しくても未知の世界に飛び込む勇気が必要なようです。

苦い❖ニは土の義、ガは染の義で「味が曇る」。または「丹辛（ニカシ）」の義とするなど、諸説。舌を刺激する不快な感じの味に擬して、不快であるさまにも使う。

にんき

「人気」とは人の気配。新しい友達が欲しいと願っていたあるとき、めったに会わない人から電話がありました。気が進まなくて電話に出ませんでした。次の日、別の人から食事に誘われました。気が進まなくて行きませんでした。

その夜、「新しい友達が欲しい」と願っている自分に、はっとしました。願った縁がやってきたのに、かたっぱしから拒んで別のものを望んでいたなんて。自分で注文した料理を食べもしないで「もっと美味しいものが食べたい」と文句を言っているようなものでした。

はかない

人偏に夢と書いて「儚い」。人が抱く夢や希望は、儚い不確かなことでしょうか。語源のように、「儚い」は、もとは「思い通りに計量できない」ことから虚しさの意になりました。夢に

それから縁を拒まないことにしました。余計なことを考えるのをやめて、なるがままに楽しむようにしていたら、友人が縁結びの神様となって、素敵な人に出会わせてくれました。

人の気配を自分から消す人に、人は寄ってこないのですね。

人気❖人の気配。「気（ケ）」は、ある物の発する熱気や勢いのこと。また、人の状態から受ける感じを言う。「風（カゼ）」の力が転じたものか。

は、たしかに虚しく思える一面もありますが、思い通りにならないからこその面白さもあります。

計り知れないようなことを望み、成るかどうかわからない不確かなことに冒険することがなかったら、人類は大陸も発見しなければ、宇宙旅行へも行かなかったかもしれません。

数学のようにすべてが計算できたら、便利かもしれませんが、世界は味気ないものになってしまわないでしょうか。きっちりと計りきれないものがあるからこそ、世の中はロマンチック！

儚い❖「果無い」とも。語幹のハカは「計（ハカル）」から。農作業などで思い通りに計量できないと、期待はずれになったことから、現在のように頼りない意となる。

はれ

飛行機に乗ると、真っ白な雲の絨毯が足もとに広がります。澄みわたる青空に、日常のこだわりが消えていきます。ミニチュアみたいな地上を見下ろすと、自分がちっぽけに思えてきます。わたしが泣いてもわめいても、びくともしない広い世界。なんだか無限の可能性に向かって、大胆に、どこまでも挑戦してみたくなります。

曇りの日、空に広がる鈍色の雲は、飛行機から見たあの素敵な雲の裏側。見えないだけで、雲の上はいつも晴れ。だから、どんなことがあっても大丈夫だと思えるのです。

ひかる

物に光をあてると影ができます。強い光をあてると濃い影に、弱い光をあてると薄い影に。

いつも、たしかにある青空を心に見つめることができたら、日々を晴れやかに生きることができそうです。

晴れ❖語源に「開（ハルク）」や「払（ハラフ）」「墾（ハル）」などの字があてられるのは、何かを取り去り晴れ間が現れる様子からか。

人生に、不運という影はつきもの。いろんな不運が重なって影を濃くすることがあるかもしれません。でもそれは、何よりも自分に強い光をあてることになるのだと思います。

憧れの先輩の人生は、小説のように壮絶です。わたしだったら耐えられないと思うような体験をあっけらかんと話してくれます。その強さは何なのでしょう。そして、他人を包み込むあたたかさはどこから湧いてくるのでしょう。たくさんの苦しみを乗り越えた彼女だからこそ、人生の影を濃くしてなお、まぶしく光っているのかもしれません。

光る❖光線の様態をピカピカと表すところから。「日気張（ヒケハル）」や「火軽（ヒカルキ）」など、日や火から転じたとする説も。

ほがらか

ある人は、どんなときも朗らかです。言葉がとてもやさしくて、何を言っても明るい声の調子で話します。「良かったね」というのと、「今度、この店閉めるんだよ」、というのも、同じ明るい調子でした。

四十年も続けてきたお店を、他人の都合で閉めなければならなくなったとき、本当はどれほど泣いたことでしょう。「いろんなことを経験したから、これくらいのことは何ともない」と微笑む瞳の奥に、心の強さを垣間見た気がしました。

この人は、どんなことが起こっても、汚れたシャツを洗濯するように軽々とこ

ほのか

焚き火がすっかり消えてしまう直前の、木の芯に残るともしびは、散りばめたルビーみたいに幻想的です。呼吸するような小さな光は、かすかなぬくもりを放って、炎の余韻を伝える残り香のようです。語源の「火香（ホノカ）」

の先もやっていくのだと思えました。
「朗らか」には「聡明」という意味もあります。いつも変わらず朗らかでいることは、人生を乗り越える賢さでもあるのでしょう。

朗らか❖「彷明（ホノアカラ）」「日明（ヒノアカラ）」「火香明（ホカラカ）」など諸説。はっきりとした明るさを意味する。

や「火残肖気（ヒノコリアエケ）」という語感がぴったりきます。
「仄か」なものは、わずかな部分を覗かせて、かえって全体を豊かにします。あけっぴろげにすべてを見せられると、途端に興味がなくなるのに、隠されると知りたくなるのは、そこに奥深さを感じるからでしょう。
　言いたいことをはっきり言う風潮のあるこの頃。時と場合にもよりますが、身の程以上のことは語らず、多くを自慢しない人にかえって興味をそそられます。相手に想像の余地を仄めかすくらいが、人を魅力的にみせることもあるようです。

仄か❖奥にある一部分をわずかに認めるときなどに使う。「火」を語根に、「火香（ホノカ）」「火影（ホノカ）」「火残肖気（ヒノコリアエケ）」から成るなど、諸説。

ゆたか

ちょっとした言葉のすれ違いで、お互いに気分を悪くしてしまったことが、こんなに尾をひくなんて。「あんな言い方しなくても」とか「あんなことしなければよかった」などと、気をもんだり心配したり……。そんなことを繰り返して一日が過ぎてしまいました。そのときふと思いました。こうして悩んでいられるのは、本当はしあわせなことではないかと。

平凡な日々に起こった、ちょっとした人間関係の悩み。どこかの国のように食べるものに困ったり、戦いのさなかにいたら、こんなことに気をとられている余

ゆとり

故郷から一千キロ離れたある町の公園の、古い木の看板に「良く見たね。車こないね。わたれるね。」「ペットと遊ぶときは首輪をつないでくださいね」と書いてありました。この町全体に漂うやさしさのわけがわかった気がしました。わたしの町では「道路に急にとびだすな」や「ペットの放し飼い禁止」のような厳しく警告する看板が目立った気がします。この町の人の平均身長は全国

裕はないでしょう。なんだか、気をもむ相手がいるだけでも恵まれているように思えました。
　わたしたちの住む世界は、少しの想像力さえあればいくらでもしあわせを感じられるほど豊か。衣食住さえ足りていれば、その他のことはおまけみたいなものかもしれません。そのおまけの人生を豊かにするか台無しにするかは、自分次第なのでしょうね。

豊か❖満ち足りているさま。豊かのユタは、「ゆったりと」という意で用いられた古語の副詞「ユタニ」のユタと同根とされる。

一高いそうです。心のゆとりが、背まで伸び伸びと高くしたのでしょうか。その高い身長を公園で遊ぶ子供の目線までかがめて語りかける姿が、浮かんでくるようでした。
　飛行機で「皆様のスムーズな搭乗のお陰で、定刻通りに到着しました。ありがとうございました」というアナウンスを耳にするようになりました。感謝の言葉で終わるように話すと、相手に自発的なやる気を起こすそうです。人を思いやる心の余裕が、人間関係にもゆとりを生むのでしょう。

ゆとり❖「豊（ユタカ）」から出た語。物事に余裕のあること。類語で「裕（ユトリ）」は、スペースの余白、余地のことだが、「ゆとり」は精神的な豊かさも含んだ語。

りりしい

リリという音の響きは、冬の空に響く鈴のように、清浄な美しさを漂わせます。寒稽古に精進するような、ひきしまった精神と肉体が思い浮かびます。

「凛々しい」とは、ひじょうに賢い様子。ある地方では、「凛々しい」から成る方言「りーしぃ」は健康を意味します。言葉の成り立ちの中には、同じように、誠実さや賢さといった内面に触れる言葉が肉体の健康を示す例はほかにも。たとえば勤勉の意の「勤しむ」はある地方では壮健のこと、賢い意の「賢しい」が健康を表す地域もあるそうです。その根底にあるのは、凛々しいという感覚だと言い

わくわく

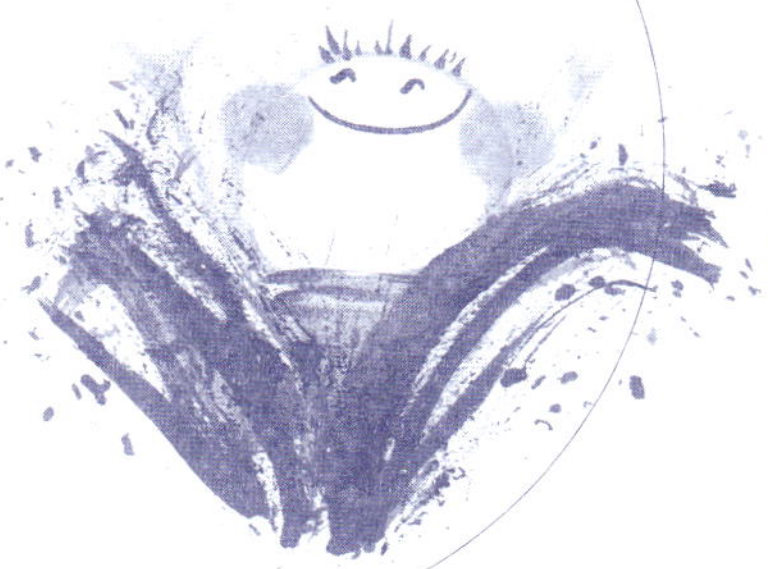

最近、わくわくしたことは何ですか？

「わくわく」は、泉の水が湧き出

ます。

体と心のわかちがたい関係が、言葉の背景にあるのでしょう。

誰も見ていなくとも誠実にリンと生きていれば、いつかは凛々しい人になれるでしょうか。

凛々しい❖「力々（リキリキシ）」の略。他に、厳しくひきしまったさまの「凛」を強調した「凛々（リンリン）」からとするものなど、諸説。

るさまが語源に繋がったとも言われます。地中からぷくぷくと溢れる清水が、良い気持ちが後から後から湧いてくる感覚に重なったのでしょう。

ときには、何をしてもわくわくしない日だってあります。どんなに愉快なことでも、みずから楽しめないと面白くはないものです。わくわくする泉は、自分の心にしか存在しないもの。誰かがくみ出してくれるものではないようです。

楽しいことは自分でつくる！ いつまでも心の泉を枯らさないように、好奇心を研ぎ澄ませて、気持ちを潤わせていたいと思うのです。

わくわく❖見えなかったものが表面に現れる「湧く」から。水が地中からふき出す様子が転じて「興味がわく」のように感情表現にも使われる。

おわりに

どちらかというと、人は心配するのが得意だといいます。

わたしも例にもれずそうなのか、特に心配事のあるときは、次から次へとよからぬ想いが頭の中をかけ巡ります。今も、言葉が空白の時間は少しもありません。

そんなとき、明るい言葉に救われます。今日は、不安な言葉を消し去るように「ありがとう」とか「大丈夫」と胸の中で繰り返して過ごしました。すると不思議なものですね。頭から離れなかった想いが消え、楽しい考えに夢中になっていました。明るい顔をしていると、家族も安心してくつろいでいます。声にしなくても、親しい人には想いが伝わるのですね。

こんなことを繰り返すうち、人は誰かに照らしてもらわなくても、みずから輝ける存在なんだと思えてきました。言葉は、その人の光を強くする燃料のようなもの、と言ったらいいでしょうか。みずから輝くものは、太陽がそうであるように、周りを照らします。人は、一人一人が皆そのような存在なのだと思います。やさしい一言で、誰かがイキイキとなれることがあるかもしれません。強くなれるかもしれません。言葉を、自分と大切な人のしあわせのために使いたい……この数ヶ月、そんな願いを胸に、ずっと原稿に向かってきました。

本書が出来上がるまでの試行錯誤の日々。心強い言葉の贈りものをたくさんいただきました。その一つ一つが、この本の源です。本が産まれるずっと前から希望をくれた方、いつも喜び励ましてくれた家族、そして、無事に出版の産声をあげることができるよう導いてくださった方々。そのすべての方に、感謝を捧げます。特に、二玄社の結城靖博さんと利倉隆さん、企画のたまご屋さんの代田橋りかさんの支えなしに本書は産まれてこれませんでした。とても楽しく有意義な時間を、ありがとうございました。

さくら、はじめてひらくころ。

著　者

主な参考文献

『日本語源大辞典』前田富祺監修　小学館　二〇〇五年

『語源大辞典』堀井令以知編　東京堂出版　一九八八年

『日常語語源辞典』鈴木棠三著　東京堂出版　一九九二年

『大辞泉』松村明監修　小学館　一九九五年

『喜怒哀楽語辞典』飯泉六郎編　東京堂出版　一九六三年

『日本語の語源辞典』西垣幸夫著　文芸社　二〇〇五年

『暮らしのことば語源辞典』山口佳紀編　講談社　一九九八年

『日本語の語源　ヤマトコトバのふるさとを尋ねて』谷田川光著　近代文芸社　一九九四年

さくいん

【あ】
あきらめる　42
あした　74
あたえる　10
あたたか　106
あらた　106
ありがとう　10
あるく　42
あわただしい　108
いきる　44
いただきます　12
いたわる　12
いま　74
いらいら　108
いろ　76
うごく　44
うそ　46
うたう　46
うつくしい　110
うつわ　76
うなずく　14
うまれる　48
うらやむ　48
うららか　110
うるさい　112
うれしい　112
おかあさん　78
おかげ　14
おくる　16
おこる　50
おとうさん　78
おとずれ　80
おとな　80
おはよう　16
おまちどおさま　18
おめでとう　18
おやすみ　20

【か】
かべ　82
がんばる　50
きく　52
きずな　82
きっと　20
きらい　52
きらきら　114
ぐち　54
けんきょ　114
こころ　84
ごちそうさま　22
ことば　22
こども　84
ことわる　54
ごめんね　24
こんばんは　24

【さ】
さいのう　86
さく　116
さすが　26
さずかる　56
さだめ　86
さようなら　26
しあわせ　116
じしん　88
じぶん　88
しる　56
すてる　58
そよそよ　118

【た】
だいじょうぶ　28
たから　90
たね　90
たのしい　118
たまたま　120
だめ　120
ためいき　58
ちから　60
ちょうどいい　122
つたえる　28
つぼみ　92
ていねい　30
てしお　60
とし　92
とびら　94
ともだち　94

【な】
ながれる　122
なぐさめる　30
なでる　32
なまえ　96
なみだ　62
なやむ　62
におう　124
にがい　124
にっこり　32
にんき　126
ね　96

【は】
はかない　126
はげます　34
はれ　128
ひかる　128
ひなたぼっこ　64
ひびく　64
ほがらか　130
ほこり　98
ほのか　130
ほほえむ　34
ほめる　36

【ま】
まける　66
まつ　66
まどろむ　68
まなぶ　68
まる　98
みち　100
みとめる　36
みる　70
めぐみ　100

【や】
やみ　102
ゆたか　132
ゆとり　132
ゆめ　102
ゆるす　38
よかったね　38

【ら】
りょうり　70
りりしい　134

【わ】
わくわく　134

《著者紹介》
山田裕美子（やまだ・ゆみこ）
1966年、長崎市生。ＦＭ福岡退社後、フリープランナーを経て、新潟市に移住。物心ついた頃から、口にした言葉が現実になることを不思議に思い、言葉と生き方に関心を深める。現在、主婦のかたわら、暮らしの中の出来事をテーマに、執筆活動中。

かわいい言葉《ことば》の贈《おく》りもの

2008年6月16日　初版印刷
2008年6月30日　初版発行

著　者　山田裕美子《やまだゆみこ》

発行者　黒須雪子
発行所　株式会社 二玄社
東京都千代田区神田神保町2-2
営業部　東京都文京区本駒込6-2-1
〒113-0021
電話：03-5395-0511　FAX：03-5395-0515

イラスト　うてなかよこ
装　丁　藤本京子（表現堂）
企画協力　NPO企画のたまご屋さん（代田橋りか）
印刷所　図書印刷
製本所　越後堂製本

ISBN978-4-544-20010-2